1511

Anna Sewell • Black Beauty

Anna Sewell

wurde 1820 in London geboren. Nachdem ihre Eltern in sehr ärmlichen Verhältnissen lebten, wurden Anna und ihr Bruder Philipp zunächst einige Jahre von ihrer Mutter unterrichtet. Erst später konnte es sich die Familie leisten, die beiden auf eine öffentliche Schule zu schicken. Im Alter von 14 Jahren hatte Anna einen schweren Unfall und konnte danach nicht mehr gehen. Nur noch mit Hilfe von Pferden und Kutschen konnte sie sich überhaupt fortbewegen. Das Leid der Pferde zu dieser Zeit, das sie tagtäglich miterleben musste, hat Anna Sewell stets beschäftigt, und so begann sie im Alter von 50 Jahren mit der Arbeit an *Black Beauty*. Kurz nach Beendigung des Romans starb Anna Sewell 1878.

Anna Sewell

Black Beauty

Übersetzt von
Waltraude Callsen

Illustrationen
von Milada Krautmann

Schneider Buch

Bibliografische Information Der Deutschen Bibliothek
Die Deutsche Bibliothek verzeichnet diese Publikation in der Deutschen Nationalbibliografie; detaillierte bibliografische Daten sind im Internet über http://dnb.ddb.de abrufbar.

Der Schneider Verlag im Internet:
ww.schneiderbuch.de

Originaltitel: *Black Beauty*
Übersetzung und deutsche Bearbeitung: Waltraude Callsen
Titelbild: Silvia Christoph
Innenillustrationen: Milada Krautmann
Herstellung/Satz: FIBO Lichtsatz GmbH, Unterhaching
Druck: Clausen & Bosse, Leck
Bindung: Conzella Urban Meistr, München-Dornach
ISBN 3-505-11943-1

03 04 / 8 7 6 5 4 3 2 1

Inhalt

Erster Teil

Zweiter Teil

Dritter Teil

Vierter Teil

Erster Teil

Meine Kindheit

Zu meinen frühesten Erinnerungen gehörten eine wunderschöne große Wiese und ein Teich mit herrlich klarem Wasser darin. Schattige Bäume neigten ihre Zweige darüber, und wo es am tiefsten war, wuchsen Binsen und Seerosen. Auf der einen Seite der Wiese konnten wir über die Hecke auf ein gepflügtes Feld sehen und auf der anderen über eine Pforte auf das Haus unseres Herrn, das an der Straße stand. Das obere Ende unserer Weide säumte ein Tannenwäldchen, das untere begrenzte ein Bach, dessen Ufer steil abfielen.

Als ich sehr klein war und noch kein Gras fressen konnte, lebte ich von der Milch meiner Mutter. Tagsüber lief ich an ihrer Seite, und nachts legte ich mich dicht neben sie. An heißen Tagen standen wir gewöhnlich beim Teich im Schatten der Bäume. Wenn es kälter war, hielten wir uns in einem behaglichen Schuppen beim Tannenwäldchen auf.

Sobald ich alt genug war, um Gras zu fressen, ging meine Mutter am Tage arbeiten und kam abends zurück.

Außer mir tummelten sich noch sechs Fohlen auf der Wiese. Sie waren älter als ich; ein paar hatten schon beinahe die Größe erwachsener Pferde erreicht. Ich tollte mit ihnen über die Weide, und das machte großen Spaß. Wir galoppierten alle zusammen unermüdlich rundherum, so schnell wir konnten. Dabei ging es manchmal auch ziemlich wild zu, denn meine Gefährten bissen und schlugen häufig aus.

Eines Tages, als wir wieder recht ausgelassen spielten, wieherte meine Mutter mich zu sich heran.

„Hör gut zu und merk dir, was ich dir sage", ermahnte sie mich. „Deine Spielgefährten sind nette, brave Fohlen, aber sie werden einmal Zugpferde und wissen natürlich nicht, was sich gehört. Du stammst aus bester Familie: Der Name deines Vaters hat in unserer Gegend einen guten Klang, und dein Großvater hat zweimal beim Rennen in Newmarket den Pokal gewonnen. Deine Großmutter war das sanftmütigste Pferd, das ich mir denken kann, und ich glaube, auch mich hast du nie ausschlagen oder beißen sehen. Ich hoffe, du wirst lieb und gut werden und dir keine Unarten angewöhnen. Tu bereitwillig deine Arbeit und heb beim Traben die Füße richtig hoch. Beiß nicht und schlag nicht aus, auch nicht beim Spielen."

Ich habe den Rat meiner Mutter nie vergessen. Ich weiß, dass sie ein sehr kluges Pferd war und unser Herr große Stücke auf sie hielt. Eigentlich hieß sie Duchess, „Herzogin", aber oft nannte er sie Pet, „Liebling".

Bauer Grey, unser Herr, war ein freundlicher, warmherziger Mann. Er gab uns gutes Futter und gute Unterkunft. Er sprach mit uns genauso liebevoll wie mit seinen kleinen Kindern. Wir hatten ihn alle gern, und meine Mutter liebte ihn besonders. Wenn sie ihn an der Pforte sah, wieherte sie ihm freudig entgegen und trabte auf ihn zu. Dann streichelte und klopfte er sie und sagte: „Na, alte Pet? Und wie geht es deinem kleinen Darkie?“ Ich hatte ein tiefschwarzes Fell, deshalb nannte er mich Darkie; das heißt „Kleiner Dunkler“ oder „Mohrchen“. Dann gab er mir ein Stück Brot, das sehr gut schmeckte, und manchmal brachte er für meine Mutter eine Mohrrübe mit. Alle Pferde kamen zu ihm, aber ich glaube, wir beide waren seine Lieblinge. Meine Mutter zog an Markttagen immer das leichte Gig*, mit dem er in die Stadt fuhr.

Ein Junge, der beim Pflügen half – er hieß Dick –, kam manchmal zu uns auf die Wiese, um von der Hecke Brombeeren zu pflücken. Wenn er sich satt gegessen hatte, wollte er mit den Fohlen Spaß machen. „Spaß“, das hieß bei ihm, Steine und Stöcke nach uns zu werfen, damit wir galoppierten. Wir kümmerten uns nicht viel um ihn, denn wir konnten ja davonlaufen, aber manchmal traf uns ein Stein und verletzte uns.

Eines Tages trieb Dick wieder sein Spiel mit uns, ohne zu ahnen, dass unser Herr ihn von dem angrenzenden Feld aus beobachtete. Plötzlich sprang Bauer Grey mit einem Satz über die Hecke, packte den Jungen am Arm und versetzte ihm eine so saftige Ohrfeige, dass er vor Überraschung und Schmerz brüllte. Sobald wir unseren Herrn erblickten, trabten wir näher, um zu sehen, was vor sich ging.

„Du Flegel!“, rief der Bauer. „Weißt du nichts Besseres, als die armen Fohlen zu jagen! Es ist nicht das erste und

* Gig = offener zweirädriger Einspänner

auch nicht das zweite Mal, dass du das tust – aber es wird das letzte Mal sein. Hier, nimm dein Geld und geh nach Hause. Ich will dich auf meinem Hof nicht mehr sehen."

Von dem Tag an blieb Dick verschwunden. Der alte Daniel, der sich um uns Pferde kümmerte, war nicht weniger freundlich als unser Herr, und so hatten wir es gut.

Die Jagd

Ich war zwei Jahre alt, als sich etwas ereignete, das ich gewiss nie vergessen werde. Es war im Vorfrühling. In der Nacht hatte es etwas Frost gegeben, und leichter Raureif lag noch über Wald und Wiesen. Die anderen Fohlen und ich grasten am unteren Ende der Weide, als wir aus der Ferne ein Geräusch vernahmen, das sich wie Hundegebell anhörte. Das älteste Fohlen hob den Kopf, spitzte die Ohren und sagte: „Da sind die Jagdhunde!“, und galoppierte zum oberen Teil der Wiese, wir alle hinterher. Von dort aus konnten wir über die Hecke gucken und mehrere Felder überblicken. Meine Mutter und ein altes Reitpferd unseres Herrn standen auch in der Nähe. Sie schienen genau zu wissen, was vor sich ging.

„Sie haben einen Hasen aufgespürt“, sagte meine Mutter. „Wenn sie hier vorbeikommen, werden wir die Jagd sehen.“

Es dauerte nicht lange, da rasten alle Hunde durch das junge Weizenfeld, das an unsere Wiese grenzte. Ich hatte noch nie einen so durchdringenden Lärm gehört. Es war kein Bellen, auch kein Heulen oder Winseln, sondern ein lautes „Jo, jo! Oh, oh! Jo, jo! Oh, oh!“ Ihnen folgte eine Anzahl Männer auf Pferden, von denen einige

grüne Mäntel anhatten. Alle ritten in scharfem Galopp. Der alte Hengst schnaubte und schaute ihnen sehnsüchtig nach, und wir Fohlen wären am liebsten mitgaloppiert. Bald erreichten sie die weiter unten liegenden Felder und schienen dort Halt zu machen. Die Hunde hörten auf zu bellen, rannten überall herum, die Nase am Boden.

„Sie haben die Fährte verloren“, erklärte der Hengst. „Vielleicht kann der Hase entkommen.“

„Welcher Hase denn?“, fragte ich.

„*Welcher* Hase es ist, weiß ich nicht. Wahrscheinlich einer aus unserem Wald hier. Den Hunden und Menschen ist jeder Hase recht, hinter dem sie herjagen können.“

Bald darauf fingen die Hunde wieder mit ihrem Jo, jo!

Oh, oh! an. Schon kamen sie von neuem alle zusammen angeprescht und hielten genau auf den Teil unserer Wiese zu, wo das Steilufer lag und die Hecke über den Bach hing.

„Gleich werden wir den Hasen sehen", sagte meine Mutter.

Und tatsächlich: In diesem Augenblick rannte der Hase, außer sich vor Angst, an uns vorbei auf den Wald zu. Die Hunde hetzten zum Ufer hinunter, setzten über den Bach und stürmten übers Feld, hinter ihnen her sechs bis acht Jäger. Die Pferde der Männer sprangen über den Bach und blieben den Hunden dicht auf den Fersen. Der Hase versuchte durch den Zaun zu schlüpfen, aber der war zu dicht. Da schlug er einen Haken, raste in Richtung Straße ... Zu spät! Schon waren die Hunde mit wildem Gekläff über ihm. Wir hörten noch einen spitzen Schrei, dann war es mit ihm aus. Einer der Jäger ritt hin und scheuchte die Hunde weg, damit sie die Beute nicht in Stücke rissen. Triumphierend hielt er den Hasen an seinen zerfetzten Läufen hoch. Seine Gefährten schienen sich mit ihm zu freuen.

Ich war so erstaunt, dass ich zuerst gar nicht darauf achtete, was sich inzwischen am Bach abspielte. Als ich dann hinunterspähte, bot sich mir ein trauriger Anblick. Zwei schöne Pferde waren gestürzt: Eines kämpfte sich durch den Strom, das andere lag stöhnend am Boden. Der eine Reiter stieg schlammbedeckt aus dem Wasser, der zweite lag ganz still.

„Er hat sich den Hals gebrochen", sagte meine Mutter.

„Das geschieht ihm recht", meinte eines der Fohlen.

Ich war der gleichen Meinung, aber meine Mutter stimmte uns nicht zu. „Nein, so dürft ihr nicht sprechen“, mahnte sie. „Ich muss allerdings sagen, dass ich, obwohl ich alt bin und eine Menge gehört und gesehen habe, bis heute noch nicht begreifen kann, warum die Menschen diesen Sport so lieben. Sie verletzen sich oft dabei, richten ihre Pferde zu Grunde und zertrampeln die Felder. Und das alles wegen einem Hasen, einem Fuchs oder einem Hirsch, den sie sich auf andere Weise viel leichter beschaffen könnten. Nun, wir sind eben nur Pferde und verstehen das nicht.“

Während meine Mutter sprach, beobachteten wir weiter die Szene. Viele Jäger waren zu dem jungen Mann geritten. Unser Herr, der gesehen hatte, was geschehen war, hob ihn auf. Der Kopf des Verunglückten fiel nach hinten, und seine Arme hingen herunter. Alle machten sehr ernste Gesichter. Kein Laut war zu hören. Sogar die Hunde schienen zu wissen, dass etwas nicht in Ordnung war, und gaben keinen Laut von sich. Die Jäger trugen den jungen Mann ins Haus. Später hörte ich, dass es der junge George Gordon war, der einzige Sohn des Gutsbesitzers, der Stolz seiner Familie.

Jetzt trennten sich die Männer und ritten in verschiedene Richtungen davon: Zum Arzt, zum Hufschmied, zum Pferdedoktor und sicher zum Gutsherrn, um ihn von dem tödlichen Unfall seines Sohnes zu unterrichten.

Herr Bond, der Tierarzt, sah sich den Rappen an, der stöhnend im Gras lag. Nachdem er ihn von oben bis unten abgetastet hatte, schüttelte er den Kopf. „Ein Bein ist gebrochen“, sagte er. Gleich darauf rannte einer der

Männer ins Haus unseres Herrn und kam mit einem Gewehr zurück. Eine Sekunde später erscholl ein lauter Knall. Es folgte ein entsetzlicher Schrei, dann war alles still. Der Rappe regte sich nicht mehr.

Meine Mutter schien sehr beunruhigt. Sie sagte, sie kenne diesen Hengst seit Jahren; er habe Rob Roy geheißen. Er sei ein edles, kühnes, wohlerzogenes Pferd gewesen. Seit jenem Tag ließ sie sich nie mehr bewegen, in die Nähe der Stelle zu gehen, wo Rob Roy verunglückt und erschossen worden war.

Einige Tage darauf hörten wir die Kirchenglocken läuten. Als wir über die Pforte guckten, sahen wir eine lange, seltsame Kutsche, die mit einem schwarzen Tuch bedeckt war und von schwarzen Pferden gezogen wurde. Dahinter rollten viele weitere schwarze Kutschen. Unter lange anhaltendem Glockengeläut fuhren die Leute vom Gut und deren Freunde den jungen Gordon zum Friedhof, um ihn zu begraben. Er würde nie wieder reiten.

Was aus dem toten Rob Roy geworden ist, habe ich nie erfahren. So viel Leid um eines einzigen kleinen Hasens willen!

Meine Lehrjahre

Allmählich wurde ich hübscher. Mein Fell war jetzt glänzend schwarz, weich und fein. Ich hatte einen weißen Fuß und einen weißen Stern auf der Stirn und galt als Schönheit. Bauer Grey wollte mich nicht verkaufen, ehe ich vier Jahre alt war. Er sagte, Pferde seien wie Kinder: Solange sie nicht erwachsen seien, könnten sie auch nicht so hart arbeiten wie Erwachsene.

Als ich vier Jahre alt war, kam Herr Gordon, der Gutsbesitzer, um mich anzusehen. Er prüfte meine Augen und mein Maul und tastete meine Beine bis zu den Hufen hin ab. Dann musste ich Schritt gehen, traben und galoppieren. Ich schien ihm zu gefallen. Er sagte: „Wenn er zugeritten und eingefahren ist, wird er seine Sache gut machen." Mein Herr erklärte, er werde mich selbst zureiten, denn er wolle nicht, dass ich erschreckt würde oder mir jemand wehtue.

Schon am nächsten Tag begann er mit meiner Ausbildung. Vielleicht weiß nicht jeder, was Zureiten und Einfahren ist, deshalb will ich es erklären. Zureiten heißt, ein Pferd lehren, erst Sattel und Zaumzeug und anschließend einen Mann, eine Frau oder ein Kind auf seinem Rücken zu tragen, in der Gangart zu gehen, die sie wünschen, und sich ruhig zu bewegen. Bei der Ausbildung zum Wagenpferd lernt es, ein Kumt, einen Bauchgurt und einen Schweifriemen zu tragen und stillzustehen, während ihm das Geschirr angelegt wird. Sobald es sich an all diese Dinge gewöhnt hat, wird es vor einen Karren oder eine Kutsche gespannt. Nun kann es sich nicht mehr rühren, ohne den Wagen hinter sich herzuziehen, und nicht mehr Schritt gehen oder traben, wie es ihm selbst gefällt, sondern muss schnell oder langsam gehen, je nachdem was sein Kutscher von ihm verlangt. Das Wagenpferd darf nie über etwas stutzen, das es sieht, oder mit anderen Pferden sprechen, weder beißen noch auskeilen oder etwas tun, das ihm gerade einfällt. Immer muss es seinem Herrn gehorchen, auch wenn es müde ist oder Hunger hat. Das Schlimmste von allem ist, dass es nicht vor Freude springen und sich nicht hinlegen darf, wenn es schlafen möchte. Ihr seht also, dieses „Zureiten" und „Einfahren" ist eine sehr wichtige Sache.

An Halfter und Kopfstück war ich natürlich schon lange gewöhnt und auch daran, mich ruhig über Felder und Wege führen zu lassen; aber nun sollte ich ein Gebiss und einen Zaum bekommen.

Mein Herr gab mir Hafer wie gewöhnlich, und nach einigem liebevollen Zureden gelang es ihm, mir das Gebiss einzulegen und die Zügel anzuschnallen. Wer nie ein Gebiss im Maul gehabt hat, kann sich nicht vorstellen, wie widerlich sich das anfühlt. Da wird einem ein großes, kaltes, hartes Stück Stahl, so dick wie ein Menschenfinger, zwischen die Zähne und über die Zunge geschoben; die Enden kommen an den Lefzen heraus, und das

Ganze wird durch Riemen festgehalten, die einem über den Kopf, unter die Kehle, um die Nüstern herum und unter das Kinn gezogen werden, sodass man sich auf keine Weise von dem scheußlichen Ding losmachen kann. Ja, es ist wirklich schlimm, sehr schlimm! So kam es mir wenigstens vor. Aber ich wusste ja, dass meine Mutter und alle anderen erwachsenen Pferde Zaumzeug trugen, und so – zu einem Teil mit Hilfe des guten Hafers, zum anderen dank der zärtlichen Klapse und freundlichen Worte meines Herrn – gewöhnte auch ich mich daran.

Als Nächstes kam der Sattel an die Reihe; aber das war bei weitem nicht so schlimm. Mein Herr legte ihn behutsam auf meinen Rücken, während der alte Daniel meinen Kopf hielt. Dann schnallte er die Gurte unter meinem Leib fest, wobei er mich die ganze Zeit klopfte und mir gut zuredete. Anschließend gab er mir ein bisschen Hafer und führte mich eine Weile herum. Das tat er nun jeden Tag, bis ich anfing, mich schon auf den Hafer und den Sattel zu freuen.

Eines Tages stieg er schließlich auf meinen Rücken und ritt mich über das weiche Gras der Wiese. Ein eigenartiges Gefühl! Aber ich war doch recht stolz, meinen Herrn zu tragen. Von nun an ritt er mich jeden Tag eine Weile, und bald war es mir zur Selbstverständlichkeit geworden.

Dann kam wieder etwas Unerfreuliches: das Beschlagen meiner Hufe. Der Bauer ging selbst mit mir in die Schmiede, um zu vermeiden, dass ich Angst bekam, und dafür zu sorgen, dass mir keine Schmerzen zugefügt wurden. Der Schmied nahm meine Füße einen nach dem anderen in die Hand und schnitt etwas von dem Huf weg. Das tat mir nicht weh, und deshalb blieb ich still stehen, bis er alle vier Hufe beschnitten hatte. Dann nahm er ein Stück Eisen in der Form meines Fußes, schlug es daran und trieb ein paar Nägel hindurch und in meinen Huf hinein, sodass es fest daran haften blieb. Anfangs fühlten sich meine Füße ganz steif und schwer an, aber mit der Zeit spürte ich die Hufeisen nicht mehr.

Nachdem wir so weit gelangt waren, begann mein Herr, mich mit dem Geschirr bekannt zu machen. Nun musste ich noch mehr neue Dinge tragen. Zunächst ein Kumt um den Hals und einen Riemen mit großen Seitenstücken, die neben den Augen lagen. Sobald ich diese Dinger anhatte – sie heißen Scheuklappen –, konnte ich nicht mehr seitwärts, sondern nur noch geradeaus sehen. Danach einen kleinen Sattel mit einer garstigen steifen Strippe, die genau unter meinem Schweif hindurchführte: Das war der Schweifriemen. Diesen Riemen hasste ich. Dass mein langer Schweif gebogen und unter diese Strippe gesteckt wurde, war beinahe so schlimm für mich wie das Gebiss zu ertragen. Nie hätte ich so gern ausgekeilt wie bei dieser Prozedur, aber natürlich konnte ich das einem so guten Herrn wie dem Bauer Grey nicht antun. Allmählich gewöhnte ich mich an alles und lernte meine Arbeit genauso verrichten wie meine Mutter.

Ich darf nicht vergessen, einen Teil meiner Ausbildung zu erwähnen, der später für mich von großem Nutzen sein sollte.

Mein Herr schickte mich für vierzehn Tage zu einem benachbarten Bauern, der eine Wiese besaß, die dicht an eine Bahnlinie grenzte. Auf der Wiese weideten ein paar Schafe und Kühe; zu ihnen kam ich jetzt.

Nie werde ich den ersten Zug vergessen, der an mir vorbeifuhr. Ich graste gerade friedlich in der Nähe der Pfähle, die die Wiese von der Bahnlinie trennten, als ich aus der Ferne ein fremdes Geräusch vernahm. Ehe ich Luft holen konnte und begriff, aus welcher Richtung dieses ratternde, dampfende Ungetüm daherflog, war es schon an mir vorübergerast. Jäh wandte ich mich um und galoppierte wie wild auf die andere Seite der Wiese. Dort blieb ich stehen und schnaubte vor Entsetzen. Im Laufe des Tages rollten noch viele Züge vorbei. Manche fuhren langsamer als der erste und hielten auf dem nahe gelegenen Bahnhof. Bevor sie stehen blieben, quietschten und schnauften sie fürchterlich. Ich fand das schrecklich, aber die Kühe fraßen seelenruhig weiter und hoben kaum den Kopf, wenn das scheußliche Ding keuchend und knirschend vorbeifuhr.

In den ersten Tagen konnte ich nicht in Ruhe grasen. Aber da ich merkte, dass das Ungeheuer nie auf unsere Wiese kam oder mir etwas antat, schenkte ich ihm allmählich keine große Beachtung mehr, und bald kümmerte ich mich so wenig um das Vorbeifahren des Zuges wie die Kühe und Schafe.

Seit damals habe ich viele Pferde gesehen, die beim Anblick oder Geräusch einer Dampflokomotive aufschraken und störrisch wurden. Ich selbst bin dank der Erziehung durch meinen guten Herrn auf Bahnhöfen so ruhig wie zu Hause in meinem Stall.

Der Bauer lenkte mich oft im Zweispänner zusammen mit meiner Mutter, weil sie zuverlässig war und mich besser als ein fremdes Pferd lehren konnte, wie man gehen muss. Sie sagte mir, ich würde umso besser behandelt werden, je besser ich mich benähme, und es sei am klügsten, wenn ich mein Bestes täte, um meinem Herrn zu gefallen.

„Allerdings", fügte sie hinzu „gibt es viele Arten von Menschen: gute und rücksichtsvolle wie unseren Herrn, denen jedes Pferd mit Stolz dienen darf; aber auch schlechte, grausame, die eigentlich nie ein Pferd oder einen Hund ihr eigen nennen dürften. Außerdem gibt es eine Menge törichte, eitle, unwissende und unachtsame Menschen, die sich nie die Mühe machen, nachzudenken. Sie verderben mehr Pferde als alle anderen, einfach weil es ihnen an Einsicht fehlt. Sie meinen, es nicht schlecht und machen trotzdem vieles falsch. Hoffentlich kommst du zu guten Leuten. Leider weiß ein Pferd ja nie, wer es einmal kaufen, oder für wen es arbeiten wird. Für uns ist alles Schicksal. Aber wie es auch kommen mag – ich sage dir: Tu auf jeden Fall dein Bestes, und mach deinem guten Namen Ehre."

BIRTWICK PARK

Zu jener Zeit stand ich viel im Stall, und mein Fell wurde jeden Tag gestriegelt, bis es rabenschwarz glänzte. An einem der ersten Tage im Mai kam ein Mann im Auftrag von Herrn Gordon, der mich abholen und auf das Gut Birtwick Park bringen sollte. Mein Herr sagte: „Auf Wiedersehen, Darkie! Sei ein gutes Pferd, und tu immer brav deine Pflicht." Zum Abschied schmiegte ich das Maul in seine Hand. Nachdem er zum letzten Mal liebevoll meinen Hals geklopft hatte, verließ ich mein erstes Zuhause. Da ich mehrere Jahre auf Herrn Gordons Gut lebte, will ich ein bisschen von Birtwick Park erzählen.

Der Gutshof grenzte an das Dorf Birtwick. Man betrat das Anwesen durch ein großes schmiedeeisernes Tor. Dort stand das erste Pförtnerhaus. Dann ging man einen ebenen Weg an Gruppen großer alter Bäume vorbei, bis zu einem zweiten Häuschen und einer zweiten Pforte, durch die man zum Herrenhaus und zu den Gärten gelangte. Jenseits davon befand sich die Pferdekoppel, der alte Obstgarten und die Stallungen. Hier war Platz für viele Pferde und Wagen. Der Stall, in den ich geführt wurde, war geräumig und hatte vier schöne Boxen. Ein großes Flügelfenster sorgte für frische Luft.

Die erste, eine quadratische Box, war die größte der vier und an der hinteren Seite mit einem hölzernen Gatter versehen. Sie hatte eine Raufe für das Heu und eine Krippe für das Korn. Anders als in den kleineren Verschlägen brauchte hier das Pferd nicht angebunden zu werden, sondern konnte sich frei bewegen. In diese saubere, luftige, nach frischem Heu duftende Box führte mich der Stallknecht. Es war die schönste, in der ich je gewohnt habe. Ihre Seitenwände waren nicht sehr hoch, sodass ich durch die eisernen Gitterstäbe alles verfolgen konnte, was im Stall vor sich ging.

Der Stallknecht brachte mir sehr guten Hafer, klopfte mich, sprach freundlich mit mir und ließ mich dann allein.

Als ich mich satt gefressen hatte, blickte ich mich um. In der Nachbarbox stand ein dralles graues Pony mit dichter Mähne und buschigem Schweif, einem sehr hübschen Kopf und kecken kleinen Nüstern.

Ich schaute zu ihm hinüber und sagte: „Guten Tag! Wie heißt du?"

Mein Nachbar drehte sich herum, soweit sein Halfter es erlaubte, und erwiderte: „Ich heiße Merrylegs*. Ich bin hübsch, findest du nicht? Ich trage Herrn und Frau Gordons kleine Töchter auf meinem Rücken, und manchmal fahre ich unsere Herrin in der Chaise** spazieren. Sie mögen mich sehr, James übrigens auch. Wohnst du jetzt neben mir?"

„Ja", antwortete ich.

„Dann kann ich nur hoffen", sagte Merrylegs, „dass du

* Merrylegs = ungefähr „kleiner Leichtfuß"
** Chaise = Wagen mit Halbverdeck

eine verträgliche Natur hast. Beißer als Nachbarn habe ich gar nicht gern."
In diesem Augenblick guckte ein anderes Pferd aus der dahinter liegenden Box herüber. Es hatte die Ohren angelegt, und seine Augen blickten ziemlich böse. Es war eine Fuchsstute mit einem langen, schönen Hals. „Also du bist es, der mich aus meiner Box vertrieben hat", sagte sie und sah mich vorwurfsvoll an. „Eigenartig, dass ein Fohlen wie du einfach hierher kommt und eine Dame von ihrem angestammten Platz verdrängt."
„Verzeihung", entgegnete ich. „Ich wollte niemanden vertreiben. Der Mann, der mich gebracht hat, führte mich hier herein – dafür kann ich nichts. Und ein Fohlen bin ich nicht! Ich bin über vier Jahre alt und ein erwachsenes Pferd. Ich habe weder mit Hengsten noch mit Stuten jemals Streit gehabt, und ich möchte gern weiterhin in Frieden leben."
„Wir werden sehen", sagte die Fuchsstute. „Natürlich will ich mich mit einem jungen Ding wie dir nicht zanken."
Darauf erwiderte ich nichts mehr.
Am Nachmittag, als die Stute aus dem Stall geholt wurde, erklärte mir Merrylegs die Lage.
„Die Sache ist nämlich die", begann er, „Ginger* hat die hässliche Angewohnheit, zuzuschnappen und zu beißen. Deshalb hat sie auch ihren Namen bekommen. Als sie noch in der großen Box wohnte, in der du jetzt bist, biss sie den Stallburschen James einmal so heftig in den Arm, dass er blutete, und danach fürchteten sich Flora und

* Ginger wörtlich: Ingwer, Anspielung auf rotbraune Farbe ebenso wie auf ein lebhaftes, reizbares Temperament

Jessie. Vorher brachten mir die beiden immer einen Leckerbissen mit: einen Apfel, eine Mohrrübe oder ein Stück Brot, denn sie mögen mich sehr. Aber seit das mit James passiert ist, wagen sie nicht mehr, den Stall zu betreten. Ich vermisse sie so. Wenn du nicht beißt oder schnappst, kommen sie hoffentlich bald wieder."
Ich versicherte Merrylegs, dass ich nie in etwas anderes gebissen hätte als in Gras, Heu und Korn, und sagte: „Ich kann mir nicht denken, was für ein Vergnügen Ginger daran findet, Menschen zu beißen."
„Na ja, ich glaube nicht, dass sie Vergnügen daran findet", meinte Merrylegs. „Es ist nur eine schlechte Gewohnheit. Sie sagt, niemand sei je gut zu ihr gewesen; deshalb begreife sie nicht, warum sie nicht beißen solle. Natürlich ist es eine große Unart; aber wenn alles wahr ist, was sie sagt, muss sie sehr schlecht behandelt worden sein, ehe sie hierher kam. Sie wohnt noch nicht lange bei uns. John und James tun, was sie können, um ihr alles recht zu machen, und unser Herr benutzt nie die Peitsche, wenn es nicht nötig ist. Deshalb denke ich, sie wird sich bessern, wenn sie erst eine Weile hier ist. Du musst wissen", fügte er hinzu und guckte mich mit seinen klugen Augen an, „ich bin zwölf Jahre alt. Ich kenne die Welt, und ich kann dir sagen, es gibt keinen besseren Platz in der ganzen Gegend für unsereins als Birtwick Park. John ist der beste Stallknecht, den es je gegeben hat. Er ist schon vierzehn Jahre hier. Einem so lieben Jungen wie James bist du bestimmt noch nie begegnet. Es ist Gingers eigene Schuld, dass sie nicht in der großen Box bleiben durfte."

Der Ernst des Lebens

Der Stallknecht, der gleichzeitig Kutscher war, hieß John Manly. Er hatte eine Frau und ein kleines Kind, und er und seine Familie wohnten im Kutscherhaus ganz nahe bei den Stallungen.
Am nächsten Morgen führte er mich auf den Hof und striegelte mich gründlich, bis mein Fell seidenweich war und glänzte. Ich ging gerade in meine Box zurück, da kam der Gutsherr. Er schien sich über meinen Anblick zu freuen. „John", sagte er, „ich wollte den Rappen heute Morgen ausprobieren, aber ich habe etwas anderes zu tun. Du kannst nach dem Frühstück eine Runde mit ihm machen. Reit über die Gemeindewiese und durch den Wald und zurück an der Wassermühle vorbei und am Fluss entlang. Danach wissen wir dann schon etwas über seine Gangarten."
„Gewiss, Herr", erwiderte John. Nach dem Frühstück legte er mir das Zaumzeug an. Er gab sich große Mühe, die Riemen so zu schnallen, dass sie meinem Kopf bequem ansaßen. Dann brachte er einen Sattel. Als er feststellte, dass mein Rücken zu breit dafür war, holte er einen anderen, der gut passte.
Zuerst ließ er mich Schritt gehen, danach traben, darauf

folgte kurzer Galopp. Als wir auf der Gemeindewiese angelangt waren, berührte er mich leicht mit der Gerte, und ich setzte in einem prächtigen gestreckten Galopp vorwärts.

John zog die Zügel an. „Hoho, mein Junge“, sagte er, „mir scheint, du hättest Lust, den Jagdhunden zu folgen, was?“

Auf dem Rückweg zum Gutshaus trafen wir Herrn Gordon und seine Frau. Sie blieben stehen, und John sprang ab.

„Na, John, wie geht er?“

„Großartig, Herr“, antwortete John. „Er hat Feuer und ist schnell wie ein Reh. Aber er reagiert auf die leichteste Zügelhilfe. Am unteren Ende der Wiese trafen wir auf einen fahrenden Karren, der über und über mit Körben, Wolldecken und allen möglichen anderen Dingen beladen war. Sie wissen, Herr, viele Pferde können nicht ruhig an einem solchen Karren vorbeigehen. Aber er warf nur einen prüfenden Blick darauf und trabte seelenruhig weiter. In der Nähe des Waldes wurden Kaninchen gejagt, und dicht neben uns feuerte jemand einen Schuss ab. Da blieb er einen Moment stehen und guckte, machte aber keinen Schritt nach rechts oder links. Ich hielt nur die Zügel fest und trieb ihn nicht an. Ich habe den Eindruck, dass er in seiner Jugend nie erschreckt oder misshandelt worden ist.“

„Das ist gut“, sagte der Gutsherr. „Morgen will ich ihn selbst ausprobieren.“

Am nächsten Tag wurde ich also für meinen neuen Herrn hergerichtet. Ich dachte an den Rat meiner Mutter und meines alten guten Herrn und gab mir große Mühe, alles genau so zu machen, wie Herr Gordon es wünschte. Ich merkte bald, dass er ein vorzüglicher Reiter war und auch auf sein Pferd einging. Als wir zurückkamen, stand Frau Gordon an der Tür des Herrenhauses. „Na, mein Lieber, wie gefällt er dir?“, fragte sie.

„Er ist genau so, wie John gesagt hat“, erwiderte er. „Ich kann mir kein besseres Reitpferd wünschen. Wie wollen wir ihn nennen?“

„Wie findest du Ebony?“, fragte sie. „Er ist doch wirklich so schwarz wie Ebenholz.“

„Nein, Ebony nicht.“

„Oder soll er Blackbird* heißen wie das alte Pferd deines Onkels?“

„Nein, er ist viel schöner, als Blackbird je gewesen ist.“

„Ja, eine Schönheit ist er tatsächlich“, sagte Frau Gordon, „und er hat ein so gutmütiges Gesicht und feine, kluge Augen. Was hältst du von dem Namen Black Beauty**?“

„Black Beauty – ja, das ist ein guter Name. Wenn du willst, soll er so heißen.“ Und so bekam ich meinen Namen.

Als John in den Stall kam, erzählte er James, der Herr und die Herrin hätten einen vernünftigen guten englischen Namen für mich gewählt – einen, der wirklich etwas bedeutete, und nicht so einen exotischen wie Marengo, Pegasus oder Abdallah. Beide lachten. Dann sagte James: „Man soll ja nicht die traurige Vergangen-

* Blackbird = Amsel

**Black Beauty = wörtlich: Schwarze Schönheit

heit heraufbeschwören, sonst hätte ich ihn Rob Roy genannt, denn ich habe nie zwei Pferde gesehen, die einander so ähnlich sind."

„Das ist kein Wunder", entgegnete John. „Wusstest du nicht, dass Bauer Greys Duchess die Mutter von beiden ist?"

Das hatte ich noch nie gehört. Der arme Rob Roy, der bei jener Jagd ums Leben kam, war also mein Bruder gewesen! Kein Wunder, dass meine Mutter damals so betrübt war!

John war anscheinend sehr stolz auf mich. Er pflegte meine Mähne und meinen Schweif so gut, dass sie beinahe so weich wie Frauenhaare wurden, und er sprach viel mit mir. Natürlich verstand ich nicht alles, was er sagte; aber ich lernte mehr und mehr begreifen, was er meinte und was er von mir wollte. Ich gewann ihn sehr lieb. Er war so freundlich und nett und schien genau zu wissen, was ein Pferd empfindet. Wenn er mich putzte, war er bei den empfindlichen und kitzligen Stellen, die er alle kannte, besonders vorsichtig. Wenn er meinen Kopf striegelte, strich er so behutsam über meine Augen, als wären es seine eigenen. Nie hat er mich gereizt.

Auch James Howard, der Stalljunge, war immer nett und rücksichtsvoll zu mir, und so fühlte ich mich sehr wohl.

Es gab noch einen anderen Mann, der auf dem Hof mithalf, aber mit Ginger und mir hatte er nur wenig zu tun.

Ein paar Tage nach meiner Ankunft musste ich mit Ginger den Wagen ziehen. Ich fürchtete erst, wir würden nicht gut miteinander auskommen; aber abgesehen davon, dass sie die Ohren anlegte, als ich zu ihr geführt wurde, benahm sie sich sehr anständig. Sie tat ihre Arbeit redlich und leistete ihren vollen Anteil. Ich hätte mir keinen besseren Partner für einen Zweispänner wünschen können. Wenn es bergauf ging, zog sie nicht etwa weniger, sondern legte ihr Gewicht in das Kumt und setzte ihre ganze Kraft ein. Wir legten uns beide mit dem gleichen Eifer ins Zeug, und John musste uns eher zurückhalten als antreiben. Weder bei Ginger noch bei mir brauchte er mit der Peitsche nachzuhelfen. Unsere Gangarten waren auch ziemlich gleich, und ich konnte mich ihr beim Traben leicht anpassen. Das machte die Zusammenarbeit angenehm. Auch unser Herr und John waren mit uns zufrieden, wenn wir gut miteinander Schritt hielten. Nachdem Ginger und ich ein paar Mal mit dem Zweispänner ausgegangen waren, vertrugen wir uns recht gut. Erst jetzt fühlte ich mich so richtig heimisch auf dem Gutshof.

Merrylegs und ich wurden bald dicke Freunde. Er war ein so fröhliches, schneidiges und gutmütiges Pony! Jeder mochte ihn gern, besonders aber Herrn und Frau Gordons Töchter Jessie und Flora. Die beiden ritten auf ihm im Obstgarten herum und erfanden für ihn und das Hündchen Frisky allerlei Spiele.

Unser Herr hatte noch zwei Pferde, die in einem anderen Stall standen. Das eine hieß Justice* und war ein kräftiger kleiner Rotschimmel. Er wurde zum Reiten verwendet, manchmal aber auch vor den Kastenwagen ge-

* Justice bedeutet Gerechtigkeit.

spannt. Das andere war ein altes Jagdpferd, ein Brauner mit Namen Sir Oliver. Oliver arbeitete nicht mehr, aber unser Herr war ihm sehr zugetan und ließ ihn frei im Gelände herumlaufen. Hin und wieder wurde er auch vor einen leichten Wagen gespannt oder trug eins der Mädchen auf dem Rücken, wenn es mit dem Vater ausritt, denn er war sehr sanft, und man konnte ihm – genau wie Merrylegs – ohne weiteres ein Kind anvertrauen. Auf der Koppel hielten wir mit den beiden manchmal einen kleinen Schwatz. Aber weil sie nicht in unserem Stall standen, konnte ich natürlich nicht so vertraut mit ihnen werden wie mit Merrylegs und Ginger.

Freiheit

Ich war recht glücklich in meiner neuen Umgebung. Wenn ich sage, dass ich trotzdem etwas entbehrte, so heißt das nicht, dass ich unzufrieden gewesen wäre. Alle, die mit mir zu tun hatten, waren gut zu mir, ich hatte einen hellen Stall und das beste Futter, das man sich denken kann. Aber nach etwas sehnte ich mich sehr. Es war die Freiheit, die ich dreieinhalb Jahre meines Lebens in vollen Zügen genossen hatte, und jetzt musste ich Woche um Woche, Monat um Monat, sogar Jahr um Jahr, Tag und Nacht in einem Stall stehen, außer wenn man mich brauchte. Wenn ich dann herauskam, wurde ich gesattelt oder vor einen Wagen gespannt und musste so ruhig und stetig gehen wie ein altes, erfahrenes Pferd, das es nicht mehr anders gewohnt ist. Hier ein Riemen und da ein Riemen, ein Gebiss im Maul und Scheuklappen neben den Augen. Ich beklage mich nicht, denn ich weiß, das alles muss so sein. Ich will damit nur sagen, dass es ein kräftiges, feuriges junges Pferd, das an ein großes Feld oder eine weite Ebene gewöhnt ist, auf der es nach Herzenslust mit hochgeworfenem Schweif davongaloppieren, wenden und schnaubend zu seinen Gefährten zurückjagen konnte, hart ankommt, wenn es nie mehr die Gelegenheit hat zu tun, was es möchte. Wenn ich einmal längere Zeit nicht bewegt worden war und John mich endlich aus dem Stall holte, fühlte ich mich so voller Jugend und Lebenslust, dass ich beim besten Willen nicht ruhig bleiben konnte. Es war mir zu Mute, als müsse ich springen, tänzeln oder mich aufbäumen. Ich weiß wohl, dass ich ihn an solchen Tagen – besonders am Anfang – immer tüchtig hin und her gebeutelt habe. Aber er verlor nie die Geduld.

„Ruhig, ruhig, mein Junge", begütigte er mich. „Warte nur ein wenig. Gleich vertreiben wir das Kribbeln aus deinen Füßen." Sobald wir das Dorf hinter uns hatten, ließ er mich ein paar Meilen in scharfem Trab laufen. Wenn wir dann zurückkamen, war ich kein bisschen müde, aber das „Kribbeln", wie John es nannte, war vorbei.

Feurige Pferde, die nicht die Bewegung bekommen, die sie brauchen, werden leicht ungebärdig genannt und von ihren Grooms* bestraft, obwohl sie eigentlich nur spielen wollen! John züchtigte mich nie, denn er wusste, dass meine Nervosität nur ein Ausbruch meines Temperaments war. Aber er verstand, mich mit Hilfe der Stimme und der Zügelführung zu lenken. Sein ernster, entschiedener Tonfall in bestimmten Augenblicken, an dem ich sofort erkannte, was er wollte, hatte mehr Macht über mich als alles andere, denn ich mochte John sehr.

Um der Wahrheit die Ehre zu geben, muss ich sagen, dass wir manchmal doch für ein paar Stunden Freiheit

* Groom = Pferdepfleger, Stallknecht

genießen durften. Sonntags fuhren der Gutsherr und seine Familie nie spazieren, und zum Gottesdienst gingen sie zu Fuß, denn die Kirche war nicht weit entfernt.
An solchen schönen Sommersonntagen wurden wir auf die Koppel oder in den alten Obstgarten geführt. Das war jedes Mal ein großes Fest für uns. Das Gras war so kühl und weich unter unseren Hufen, die Luft würzig und unsere Ungebundenheit so wohltuend. Wir galoppierten, legten uns nieder und wälzten uns auf dem Rücken oder knabberten von dem zarten Gras. Zuweilen standen wir auch zusammen im Schatten des Kastanienbaumes und unterhielten uns miteinander.

Gingers Geschichte

Eines Tages, als Ginger und ich uns allein unter der Kastanie aufhielten, redeten wir lange miteinander. Sie wollte alles über meine Erziehung und Ausbildung wissen, und ich erzählte es ihr.

„Na ja", sagte sie schließlich, „wenn ich so eine Jugend gehabt hätte wie du, wäre ich vielleicht auch so gutmütig geworden. Aber so ...! Ich glaube nicht, dass ich mich noch ändern werde."

„Warum denn nicht?", fragte ich.

„Weil bei mir alles ganz anders war", erwiderte Ginger. „Ich habe nie jemanden – weder Pferd noch Menschen – gehabt, der gut zu mir gewesen wäre oder dem ich gern etwas zuliebe getan hätte. Sobald ich entwöhnt war, wurde ich von meiner Mutter getrennt und mit einer Menge anderer Fohlen zusammengesteckt. Keins von ihnen scherte sich um mich, und ich scherte mich um keins von ihnen. Ich hatte keinen freundlichen Herrn wie du, der mich betreut und mit mir gesprochen und mir leckere Sachen zum Fressen gebracht hätte. Der Mann, der uns pflegen musste, hat mir nie ein liebes Wort gegönnt. Ich will damit nicht sagen, dass er mich schlecht behandelte. Er sorgte dafür, dass wir reichlich Futter bekamen und im

Winter vor Kälte geschützt waren. Aber darüber hinaus kümmerte er sich nicht einen Deut um uns.

Durch unser Feld führte ein Fußpfad, große Jungen, die da vorbeikamen, warfen oft Steine nach uns, damit wir galoppierten. Ich bin nie getroffen worden, aber ein feines Fohlen erhielt eine tiefe Schnittwunde im Gesicht; ich glaube, dass es eine Narbe fürs Leben geworden ist. Wir beachteten die Bengel nicht, aber natürlich machte uns ihre Ungezogenheit wilder, und wir prägten uns ein, dass Jungen unsere Feinde sind.

Auf der Weide hatte wir sonst viel Spaß. Wir rannten im Galopp auf und ab und jagten uns gegenseitig rundherum; dann hielten wir im Schatten der Bäume Rast. Aber als ich dann zugeritten werden sollte, erlebte ich eine böse Zeit. Mehrere Männer kamen, um mich einzufangen. Als es ihnen schließlich gelungen war, mich in eine Ecke der Umzäunung zu drängen, packte mich einer an der Mähne, ein anderer an den Nüstern und hielt sie so fest, dass ich kaum atmen konnte. Dann nahm ein dritter meinen Unterkiefer in seine harte Hand und riss mir das Maul auf. Mit Gewalt streifte er mir das Halfter über den Kopf und legte mir das Gebiss ins Maul. Danach zerrte mich einer am Halfter mit sich, ein anderer schlug von hinten auf mich ein. Das war meine erste Erfahrung mit der Güte der Menschen: nichts als rohe Gewalt! Sie gaben sich nicht die geringste Mühe, mir begreiflich zu machen, was sie von mir wollten. Da ich feurig und empfindlich war, führte ich mich gewiss recht wild auf und machte ihnen eine Menge Ärger. Aber es war auch schrecklich für mich, Tag für Tag in eine Box gesperrt zu sein, anstatt frei herumzulaufen, und ich regte mich auf und härmte mich ab und sehnte mich nach Ungebundenheit. Du weißt ja selbst, dass das alles schon schlimm genug ist, sogar wenn man einen freundlichen Herrn hat, der einem gut zuredet. Wenn aber obendrein niemand Verständnis für einen zeigt, ist es die Hölle!

Da war einer, der alte Herr – Ryder war sein Name – ja, der hätte mich zähmen und alles mit mir machen können, wenn er sich um mich gekümmert hätte. Aber zu der Zeit hatte er den anstrengenden Teil des Geschäfts schon seinem Sohn und einem anderen Bereiter übergeben. Er kam nur manchmal, um nach dem Rechten zu sehen. Sein Sohn war ein großer, kräftiger, tollkühner Bursche, den sie Samson nannten. Er prahlte immer damit, dass ihn noch kein Pferd abgeworfen hätte. Im Gegensatz zu seinem Vater hatte Samson gar nichts Liebenswertes an sich. Er war eiskalt. Er hatte eine harte Stimme, harte Augen und eine harte Hand. Ich spürte von Anfang an, dass er mir mein ganzes Feuer austreiben und aus mir nur ein stumpfes, demütiges, gehorsames Stück Fleisch machen wollte. Pferdefleisch – ja, wirklich, das ist alles, woran er dachte!"

Ginger stampfte mit dem Fuß auf. Schon der Gedanke an Samson schien sie in Wut zu versetzen.

Dann fuhr sie in ihrer Erzählung fort: „Wenn ich nicht genau das tat, was er wollte, geriet er außer sich und ließ mich auf dem Übungsfeld an der Longe so lange im Kreis herumlaufen, bis er mich müde gehetzt hatte. Ich glaube, er trank ziemlich viel, und dadurch wurde meine Lage immer übler. Eines Tages hatte er mich wieder einmal besonders streng herangenommen, und ich war abends müde, abgespannt und verdrossen aufs Stroh gesunken. Da holte er mich am nächsten Morgen in aller Frühe wieder aus dem Stall und hetzte mich lange Zeit im Kreis herum. Kaum hatte ich mich eine Stunde ausgeruht, kam er noch einmal, diesmal mit einem Sattel, dem Zaum und einem neuen Gebiss.

Er war gerade erst aufgesessen, da brachte ihn irgendetwas, das ich tat, in Wut, und er riss heftig an den Zügeln. Mein neues Gebiss tat mir sehr weh, und ich bäumte mich jäh auf. Das erregte ihn noch mehr, und er fing an, mich zu peitschen. Alles in mir empörte sich gegen ihn. Ich senkte den Kopf und keilte mit der Hinterhand aus, wie ich es noch nie getan hatte. Wir kämpften regelrecht miteinander. Lange Zeit hielt er sich im Sattel und strafte mich hart mit Peitsche und Sporen. Aber mein Blut kochte, und mir war alles gleichgültig, was er mit mir anstellte, wenn ich ihn nur loswerden konnte. Schließlich – nach furchtbarem Ringen – warf ich ihn rückwärts ab. Ich hörte ihn schwer auf den Rasen fallen. Ohne hinter mich zu blicken, galoppierte ich auf die andere Seite des Feldes. Dort drehte ich mich um und sah, wie sich der Tierquäler langsam vom Boden erhob und in den Stall ging.

Ich stand unter einer Eiche und hielt Ausschau. Aber niemand kam, um mich einzufangen.

Die Zeit verstrich. Die Sonne brannte, die Fliegen schwirrten um mich herum und ließen sich auf meinen blutenden Flanken nieder, in die sich Samsons Sporen gebohrt hatten. Ich war hungrig, denn ich hatte seit dem frühen Morgen nichts gefressen, aber auf dieser Wiese war so wenig Gras, dass nicht einmal eine Gans satt geworden wäre. Ich hätte mich gern hingelegt und ausgeruht, aber mit dem eng anliegenden Sattel war das zu unbequem. Es gab auch keinen Tropfen zu trinken. Es wurde Abend, die Sonne stand tief. Ich sah, wie die anderen Fohlen in den Stall geführt wurden, wo gutes Futter auf sie wartete.

Endlich, als die Sonne gerade unterging, sah ich den alten Herrn mit einem Sieb in der Hand herankommen. Herr Ryder war ein freundlicher, weißhaariger Mann, dessen Stimme ich unter tausend Stimmen hätte heraushören können. Sie war weder laut noch leise, aber voll und klar. Wenn er Befehle gab, klangen sie so fest und entschieden, dass jeder – Pferd oder Mensch – wusste, dass er Gehorsam erwartete. Jetzt schritt er ruhig auf mich zu, hin und wieder den Hafer in seinem Sieb schüttelnd. Dabei sagte er heiter und liebevoll zu mir: ‚Komm, mein Pferdchen, komm, mein Pferdchen, komm, komm.‘ Ich rührte mich nicht vom Fleck und wartete auf ihn. Er hielt mir den Hafer hin, und ich fing an zu fressen. Seine Stimme hatte mir alle Furcht genommen. Er blieb bei mir stehen und klopfte und streichelte mich, während ich fraß. Als er das geronnene Blut an meinen Flanken sah, schien er sehr ärgerlich. ‚Arme Ginger, das war ja eine schlimme Sache!‘, sagte er.

Nachdem ich mit dem Fressen fertig war, führte er mich in den Stall. An der Tür stand Samson. Ich legte die Ohren an und schnappte nach ihm.

‚Tritt zurück, und geh ihr aus dem Weg', befahl der alte Herr. ‚Du hast ihr böse mitgespielt.'
Samson knurrte etwas von einem ‚bösartigen Biest'.
‚Hör zu, was ich dir sage', fuhr sein Vater fort. ‚Ein Mensch, der selbst bösartig handelt, kann nie ein Pferd zur Gutartigkeit erziehen. Du hast dein Handwerk noch nicht gelernt, Samson.'
Dann führte er mich in meine Box, nahm mir eigenhändig Sattel und Zaumzeug ab und band mich an. Darauf rief er nach einem Eimer mit warmem Wasser und einem Schwamm, zog seinen Mantel aus, und während der Stallaufseher den Eimer hielt, rieb er meine verletzten Flanken liebevoll ab. ‚Steh fein still, mein hübsches Pferdchen, steh fein still', sagte er dabei.
Schon seine Stimme tat mir gut, und das Waschen war sogar angenehm. Die Haut an den Winkeln meines Maules war so tief eingerissen, dass ich das Heu nicht fressen konnte: Die Halme stachen mich. Herr Ryder untersuchte die wunden Stellen gründlich, schüttelte den Kopf und sagte dem Knecht, er solle einen Kleiebrei für mich anrühren und etwas grobes Mehl hineinrühren. Oh, wie gut dieser weiche Brei meinem Maul tat! Der alte Herr blieb die ganze Zeit bei mir stehen, streichelte mich und sprach mit dem Stallaufseher. ‚Wenn man mit einem so lebhaften Geschöpf wie diesem beim Zureiten nicht anständig umgeht, wird es nie zu etwas nutze', sagte er.
Danach besuchte er mich oft. Als mein Maul geheilt war, übernahm der andere Bereiter, den sie Job nannten, meine Ausbildung. Er war ruhig und rücksichtsvoll, und ich lernte bald, was er wollte."

Die Fortsetzung von Gingers Geschichte

Als Ginger und ich wieder einmal auf der Koppel zusammenstanden, erzählte sie mir, wo sie bisher überall gelebt hatte.

„Nachdem ich zugeritten und eingefahren war", sagte sie, „wurde ich von einem Händler gekauft, der mich mit einem anderen Fuchs zusammen für einen Zweispänner brauchte. Ein paar Wochen lang zogen wir einen Wagen, dann wurden wir an einen feinen Herrn verkauft und nach London geschickt.

Von dem Händler her war ich schon mit dem Aufsatzzügel bekannt geworden und hasste dieses Ding wie nichts auf der Welt. Aber bei den Leuten, zu denen ich jetzt kam, wurde dieser Zügel noch viel enger geschnallt. Der Kutscher und sein Herr fanden, so sähe es eleganter aus. Oft unternahm mein neuer Herr Spazierfahrten im Park und an anderen Plätzen, wo sich die elegante Welt traf. Du hast ja noch nie einen Aufsatzzügel getragen und weißt nicht, was das ist. Aber ich kann dir sagen, es ist fürchterlich.

Wie jedes Pferd trage auch ich gern meinen Kopf hoch. Aber nun stell dir mal vor, du wirst gezwungen, den Kopf stundenlang in derselben Stellung zu halten. Du kannst ihn nicht mehr bewegen, es sei denn, du wirfst ihn noch höher. Der Nacken tut dir so weh, dass du es schließlich kaum mehr aushalten kannst. Außerdem hatte ich jetzt zwei Gebisse statt einem – und zwar scharfe Gebisse, die in Zunge und Kiefer sägten, dass das Blut den Schaum färbte, der unablässig von meinen Lefzen sickerte, während ich mich an den Gebissen und Zügeln rieb und wund scheuerte. Noch schlimmer war es, wenn wir Stunde um Stunde stehen und auf unsere Herrin warten mussten, die an einer Abendgesellschaft oder einem anderen gesellschaftlichen Ereignis teilnahm. Wenn ich vor Ungeduld stampfte, wurde die Peitsche geschwungen. Das reichte, um einen verrückt zu machen.“

„Nahm denn dein Herr gar keine Rücksicht auf dich?“, fragte ich.

„Nein“, erwiderte Ginger. „Ihn interessierte nur, ob er ein elegantes ‚Gefährt‘ hatte, wie sie es nennen. Ich glaube, er verstand sehr wenig von Pferden. Alles, was mit uns zu tun hatte, überließ er seinem Kutscher. Von dem ließ er sich erzählen, ich hätte ein reizbares Temperament und sei nicht richtig an den Aufsatzzügel gewöhnt worden; aber er würde das bald nachholen. Dieser Mensch war gewiss nicht dazu geeignet, mir irgendetwas beizubringen, geschweige denn mit diesem Marterinstrument. Wenn ich mich elend fühlte und ärgerlich wurde, hatte er nur mürrische Worte und Schläge für mich, anstatt mich zu beruhigen und zu besänftigen. Hätte er sich gesittet benommen, dann hätte ich mich bemüht, sogar den Aufsatzzügel zu ertragen. An gutem Willen fehlte es mir nicht; ich war auch bereit, tüchtig zu arbeiten. Aber dass ich nur um ihrer Liebhabereien willen solche Qualen aushalten musste, machte mich wütend. Welches Recht hatten sie, mich so leiden zu lassen? Abgesehen davon, dass mein Maul wund wurde und mein Genick schmerzte, taten mir nach jedem Ausflug auch die ganzen Atemwege weh. Wenn ich noch lange bei diesen Leuten geblieben wäre, hätte ich bestimmt andauernde Atembeschwerden bekommen. Es war nicht meine Schuld, wenn ich immer unruhiger und reizbarer wurde. Sobald jemand kam, um mich anzuschirren, fing ich an zu schnappen und auszuschlagen.

Eines Tages, als sie uns gerade vor den Wagen gespannt hatten und meinen Kopf mit diesem scheußlichen Riemen nach oben zwangen, keilte ich mit aller Kraft. Bald hatte ich mein Geschirr zerrissen und mich losgemacht. Das war meine letzte Untat an diesem Arbeitsplatz.

Daraufhin wurde ich zur Pferdeauktion gebracht und sollte versteigert werden. Natürlich konnte niemand für mein Benehmen garantieren. Aber mein Aussehen und meine guten Gangarten fielen einem Herrn auf, und er bot für mich. Wieder war es ein Händler, der mich erwarb. Er versuchte alles Mögliche mit mir und probierte verschiedene Gebisse an mir aus, bis er wusste, was ich tragen konnte und was nicht. Endlich ließ er den Aufsatzzügel ganz weg und verkaufte mich dann als vollkommen ruhiges Pferd an einen Landedelmann.

Das war ein guter Herr, und ich fühlte mich bei ihm wohl – aber nur kurze Zeit. Bald nach meiner Ankunft kündigte nämlich sein alter Stallknecht, und es kam ein neuer. Dieser Mann hatte ein so unbeherrschtes Wesen und eine so harte Hand wie Samson. Seine Stimme war rau und ungeduldig, und wenn ich nicht sofort in die Box gehen wollte, wenn er es wünschte, schlug er mich mit seinem Stallbesen oder der Mistgabel – je nachdem, was er gerade in der Hand hatte – über das Sprunggelenk. Es dauerte nicht lange, da hasste ich diesen groben Kerl. Er wollte, dass ich vor ihm Angst bekäme, aber das gelang ihm nicht.

Eines Tages, als er mich mehr als gewöhnlich gereizt hatte, biss ich ihn. Das machte ihn natürlich wütend, und er ließ die Reitpeitsche um meinen Kopf sausen. Danach wagte er allerdings nicht mehr, meine Box zu betreten, denn er wusste genau, dass er sonst entweder meine Hufe oder meine Zähne zu spüren bekommen hätte. Meinem Herrn gegenüber verhielt ich mich friedlich; aber er hörte natürlich auf das, was der Stallknecht sagte, und so wurde ich wieder verkauft.

Der Händler, der mich vorher vermittelt hatte, erfuhr von mir und sagte, er kenne einen Platz, für den ich seiner Meinung nach geeignet sei. ‚Es wäre doch schade', sagte er, ‚wenn ein so feines Pferd zu Grunde gehen müsste, weil niemand ihm eine Chance gibt.'

So landete ich schließlich hier, kurz bevor du kamst. Aber nun hatte ich mir schon die Ansicht gebildet, dass die Menschen meine natürlichen Feinde seien und ich mich verteidigen müsse. Gewiss, hier ist es ganz anders als an den anderen Stellen, wo ich war. Doch wer weiß, wie lange das gut geht? Ich wollte, ich könnte denken wie du. Aber nach allem, was ich durchgemacht habe, ist mir das einfach nicht möglich."

„Nun", sagte ich, „ich finde, es wäre eine Schande, wenn

du John oder James beißen oder nach ihnen ausschlagen würdest."

„Solange sie gut zu mir sind, will ich das auch nicht", erwiderte Ginger. „James habe ich allerdings einmal ziemlich gebissen. Da sagte John zu ihm: ‚Du musst es bei ihr mit Güte versuchen.' Und anstatt mich zu bestrafen, wie ich erwartet hatte, kam James mit seinem verbundenen Arm zu mir, brachte mir Kleiebrei und streichelte mich. Seitdem habe ich nie mehr nach ihm geschnappt und werde es wohl auch in Zukunft nicht tun."

Ginger tat mir Leid. Aber da ich damals noch wenig Lebenserfahrung besaß, dachte ich: Wahrscheinlich hat sie alles schlimmer dargestellt, als es in Wirklichkeit war. Immerhin stellte ich fest, dass sie im Laufe der Zeit froher und freundlicher wurde und den argwöhnischen, aufsässigen Blick verlor, den sie anfangs jedem Fremden, der ihr nahe kam, zugeworfen hatte. Eines Tages sagte James: „Ich glaube wahrhaftig, diese Stute gewinnt mich allmählich lieb. Nachdem ich sie heute früh gestriegelt hatte, wieherte sie sogar hinter mir her."

„Ja, ja, Jim, das kommt von den Birtwicker Pferdepillen", meinte John. „Dadurch wird sie nach und nach so gutartig werden wie Black Beauty."

Auch der Gutsherr merkte, dass Ginger sich zu ihrem Vorteil verändert hatte. Eines Tages, als er aus dem Wagen stieg und zu uns trat liebkoste er sie und sagte: „Nun, mein schönes Pferdchen, wie geht es dir? Ich glaube, du bist jetzt viel glücklicher als bei deiner Ankunft."

Während er sie streichelte, hob sie vertrauensvoll die Nüstern zu ihm auf.

„Ich glaube, wir werden sie noch ganz kurieren", meinte er.

„Ja, Herr, sie ist schon viel besser geworden", stimmte John ihm bei und fügte wieder seinen Lieblingsausspruch hinzu: „Das machen die Pferdepillen von Birtwick."

Das mit den „Pferdepillen" war einer von Johns kleinen Späßen. Er behauptete immer, dass eine Kur mit diesen Pillen, die sich aus je einem Pfund Güte und Geduld, Entschiedenheit und Zärtlichkeit, gemischt mit einem Viertelliter gesundem Menschenverstand zusammensetzten und dem Patienten jeden Tag einzugeben seien, fast jedes Pferd von seinen Unarten heilen könne.

Merrylegs

Herr Blomefield, der Pfarrer, hatte mehrere Söhne und Töchter. Manchmal kamen die Kinder auf unser Gut, um mit Jessie und Flora zu spielen. Eins der Mädchen war so alt wie Jessie; zwei von den Jungen waren älter, und dann waren da noch ein paar ganz Kleine. Wenn sie zu Besuch kamen, hatte Merrylegs eine Menge zu tun, denn nichts machte ihnen mehr Spaß, als abwechselnd auf ihn zu klettern und ihn stundenlang durch den ganzen Obstgarten und auf der Koppel herumlaufen zu lassen.

Eines Nachmittags war er wieder einmal lange Zeit mit den Kindern draußen gewesen. Endlich brachte ihn James herein und band sein Halfter fest. Dabei sagte er: „So, du Schelm! Nun benimm dich aber in Zukunft anständig, sonst bekommen wir Ärger."

„Was hast du denn angestellt, Merrylegs?", erkundigte ich mich.

„Ach", erwiderte er. „Ich habe diesen jungen Leuten einen kleinen Denkzettel gegeben. Sie wussten nicht, wann es für sie und mich genug war. Da habe ich sie einfach abgesetzt. Anders konnte ich ihnen ja nicht begreiflich machen, dass es Zeit war, aufzuhören."

„Wie?", sagte ich. „Du hast die Kinder abgeworfen? Jes-

sie und Flora etwa auch? Ich hätte dir wirklich ein bisschen mehr Verstand zugetraut!"
Merrylegs blickte mich gekränkt an und entgegnete: „Jessie und Flora natürlich nicht; so etwas würde ich nie tun. Mit den beiden gehe ich so sorgsam um wie unser Herr und die Herrin. Und den Kleinen vom Pfarrer bringe ich das Reiten bei. Wenn ich merke, dass sie sich auf meinem Rücken ein bisschen unsicher fühlen oder Angst haben, gehe ich langsam und trete so weich auf wie die alte Mieze bei der Vogeljagd. Sobald sie Mut gefasst haben, laufe ich wieder schneller, damit sie sich ans Reiten gewöhnen. Du brauchst mir wirklich keine Predigten zu halten: Ich bin der beste Freund und Reitlehrer, den die Kleinen haben. Um sie geht es gar nicht, sondern um die größeren Jungen. Jungen", sagte er und schüttelte seine Mähne, „sind ganz anders. Sie müssen zugeritten werden, genau wie wir, als wir noch Fohlen waren. Man muss ihnen beibringen, was sie tun dürfen und was nicht. Die anderen Kinder saßen schon ungefähr zwei Stunden abwechselnd auf meinem Rücken, da meinten diese Bengel, nun seien sie an der Reihe. Ich ließ es mir gefallen, und sie ritten mich einer nach dem anderen. Eine gute Stunde lang galoppierte ich mit ihnen über die Felder und im ganzen Obstgarten herum. Jeder von ihnen hatte sich einen großen Haselnusszweig als Reitgerte zurechtgeschnitten und ließ ihn nicht sehr freundlich auf meinem Rücken tanzen. Auch das ertrug ich geduldig, bis ich schließlich fand, dass wir genug hatten. Ich blieb also zwei- oder dreimal stehen – das sollte ein Wink sein. Weißt du, Jungen denken, ein Pferd oder ein

Pony ist wie eine Lokomotive oder eine Dreschmaschine und kann so lange und so schnell laufen, wie es ihnen Spaß macht. Es kommt ihnen nie in den Sinn, dass es einmal müde werden könnte. Als der eine nicht verstand, weshalb ich stehen blieb, und mich mit seiner Haselrute schlug, erhob ich mich also einfach auf die Hinterhand und ließ ihn ins Gras gleiten. Das war alles. Er saß wieder auf, und ich machte das Gleiche noch einmal. Dann stieg der andere Junge auf, und sobald er anfing, seine Gerte zu gebrauchen, legte ich ihn ins Gras. So machte ich es so lange, bis sie verstanden, was ich wollte. Weiter habe ich ihnen nichts getan. Es sind keine schlechten Kinder; sie wollen gar nicht grausam sein. Aber ich musste ihnen einen Denkzettel geben. Als sie mich zu James brachten und es ihm erzählten, wurde er böse, weil sie mich geschlagen hatten. Er sagte, das sei etwas für Viehtreiber und Zigeuner, aber nicht für junge Herren."

„Wenn ich an deiner Stelle gewesen wäre", warf Ginger ein, „hätte ich diesen Flegeln einen kräftigen Tritt versetzt. Das wäre ihnen eine gute Lehre gewesen."

„Natürlich hättest du das getan", gab Merrylegs zurück. „Aber ich bin eben nicht so ein Dummkopf wie du – entschuldige den Ausdruck. Ich will doch nicht unseren Herrn betrüben und James blamieren. Außerdem stehen die Kinder unter meiner Obhut, wenn sie reiten. Erst neulich habe ich gehört, wie unser Herr zu Frau Blomefield sagte: ‚Meine liebe gnädige Frau, Sie brauchen sich nicht um Ihre Kinder zu sorgen. Mein alter Merrylegs wird auf sie aufpassen, wie Sie selbst oder ich es nicht besser tun könnten. Ich versichere Ihnen, dieses Pony würde ich für noch so viel Geld nicht verkaufen. Es ist durch und durch gutmütig und vertrauenswürdig.' Glaubst du etwa, ich wäre so undankbar, die gute Behandlung zu vergessen, die ich hier seit fünf Jahren genieße, und all das Vertrauen, das sie in mich setzen, nur weil ein paar dumme Jungen mich schlecht behandelt haben? Nein, nein! Du, Ginger, hast eben bisher nur schlechte Arbeitsplätze gehabt, und fast nie ist ein Mensch freundlich zu dir gewesen; deshalb verstehst du das nicht. Du tust mir Leid. Aber ich kann dir nur das eine sagen: Wenn ein Pferd ein gutes Heim hat, wird es selber gut. Für nichts auf der Welt würde ich unsere Herrschaften verärgern. Ich habe sie lieb – ja, ich habe sie sehr lieb", wiederholte er und blies ein leises „Ho, ho, ho" durch die Nüstern, wie er es morgens immer tat, wenn er James' Schritt vor der Türe hörte.

„Und noch etwas", fuhr er fort. „Was würde denn aus mir werden, wenn ich anfinge auszuschlagen? Eins-zwei-drei würde ich verkauft und müsste vielleicht unter den Händen eines Schlachterburschen schuften oder mich an einem Ferienort an der See zu Tode rackern. Dort würde sich niemand um mich kümmern, sondern jeder würde nur ausprobieren wollen, wie schnell ich laufen kann. Oder ich würde gezwungen, eine Kutsche, in der vier oder fünf Männer sitzen, die zu einem sonntäglichen Zechgelage fahren wollen, ganz allein zu ziehen. Das habe ich oft genug mit ansehen müssen, als ich noch nicht hier zu Hause war. Nein", wiederholte Merrylegs und schüttelte den Kopf, „hoffentlich wird es nie so weit mit mir kommen."

Gespräch im Obstgarten

Ginger und ich gehörten nicht zu den üblichen schweren Zugpferden; wir hatten eher das Blut von Rennpferden in uns. Wir waren etwas mehr als 160 cm hoch, konnten also ebenso gut zum Reiten wie zum Fahren benutzt werden. Unser Herr sagte immer, er könne weder Pferde noch Menschen leiden, die sich nur auf eine einzige Sache verstünden. Da es ihm nicht lag, in den Londoner Parks herumzukutschieren und sich mit einem eleganten Gespann sehen zu lassen, wie es viele taten, zog er aktivere Pferde vor, die sich vielseitig verwenden ließen.

Unser größtes Vergnügen war, wenn wir zu einer Reitpartie gesattelt wurden: Ginger für unseren Herrn, ich für die Herrin und Sir Oliver und Merrylegs für Jessie und Flora. Es war herrlich, wenn wir alle zusammen traben und galoppieren durften. Ich hatte es am besten, denn ich trug die Herrin. Ihr Gewicht war gering, ihre Stimme klang sanft, und ihre Hand hielt die Zügel so leicht, dass ich kaum spürte, wie sie mich lenkte.

Wenn die Menschen nur wüssten, wie viel es bedeutet, wenn ein Kutscher oder Reiter eine leichte Hand hat! Dann würden sie nicht so grob am Zügel zerren und uns im Maul reißen, wie es viele von ihnen tun. Eine leichte

Hand ist nicht nur angenehm für das Tier, sondern auch nützlich für den Menschen, denn damit erhält er seinem Pferd ein weiches Maul und das gutartige Wesen, das es gewöhnlich von Natur aus hat. Unser Maul ist so feinfühlig, dass es – sofern es nicht durch schlechte oder ungeschickte Behandlung „verdorben" wurde – die leichteste Handbewegung des Reiters oder Kutschers spürt. Mein Maul war nie misshandelt worden, und ich glaube, aus diesem Grund zog die Herrin mich meiner Gefährtin Ginger vor, obwohl ihr Gang gewiss ebenso gut war wie meiner.

Ginger beneidete mich oft und meinte, nur die Leute, die sie zugeritten hätten, und das Knebelgebiss, das sie in London hatte tragen müssen, seien daran schuld, dass ihr Maul nicht tadellos sei wie meins. Darauf entgegnete Sir Oliver immer: „Nimm es dir nicht so zu Herzen! Du hast doch die größte Ehre, Ginger. Eine Stute, die einen Mann von dem Gewicht unseres Herrn tragen kann und dabei einen so federnden Gang hat, braucht wirklich nicht den Kopf hängen zu lassen, weil sie nicht die Dame tragen darf. Wir Pferde müssen die Dinge nehmen, wie sie kommen, und zufrieden sein, solange wir gut behandelt werden."

Ich hatte mich oft darüber gewundert, dass Sir Oliver einen so kurzen Schweif hatte – er war nur 15 oder 16 Zentimeter lang. An einem unserer Ruhetage nahm ich meinen Mut zusammen und fragte ihn, durch welchen Unfall er seinen Schweif eingebüßt habe.

„Unfall!", schnaubte er mit einem grimmigen Blick. „Das war kein Unfall, sondern eine schändliche, kaltblütige

Tat der Menschen! Als ich jung war, wurde ich eines Tages an einen Ort gebracht, an dem solche grausamen Handlungen vorgenommen wurden. Ich wurde so fest angebunden, dass ich mich nicht rühren konnte. Dann kamen sie und schnitten meinen schönen langen Schweif ab – durch Fleisch und Knochen hindurch – und schafften ihn weg."

„Wie grausig!", rief ich.

„Ja, das war wirklich grausig. Es tat lange und furchtbar weh. Außerdem war es eine große Beleidigung, dass sie mir meinen schönsten Schmuck nahmen. Aber das Übelste von allem ist, dass ich seit damals nie mehr die Fliegen von meinen Flanken und der Hinterhand abwehren kann. Ihr, die ihr schöne Schweife habt, wedelt die Fliegen weg, ohne darüber nachzudenken, und habt keine Ahnung, was für eine Qual es ist, wenn man es dulden muss, dass sie sich auf einen setzen und stechen, und nichts dagegen tun kann. Ich sage euch, es ist ein lebenslanges Unrecht und ein lebenslanger Verlust. Aber heutzutage wird das zum Glück nicht mehr gemacht."

„Warum machte man das denn früher?", wollte Ginger wissen.

„Weil es Mode war!", rief das alte Pferd und stampfte mit dem Huf auf. „Nur weil es Mode war – falls ihr wisst, was das heißt. Zu meiner Zeit gab es kein Rassepferd, dessen Schweif nicht auf diese schändliche Weise verstümmelt worden wäre. Als ob der liebe Gott, der uns geschaffen hat, nicht wüsste, was wir brauchen und was am besten aussieht."

„Sicher ist es auch wegen der Mode, dass sie uns den Kopf hochschnallen und uns solche Martergebisse ins Maul legen, mit denen ich in London gequält worden bin“, vermutete Ginger.
„Natürlich“, sagte Sir Oliver. „Nach meiner Meinung ist Mode eins der schlimmsten Dinge auf der Welt. Nimm doch zum Beispiel mal die Art, wie sie die Hunde zurichten. Sie stutzen ihre Ruten und schneiden ihre kleinen Ohren spitz, damit sie ‚schick‘ aussehen.
Ich hatte einmal eine liebe Freundin, eine braune Foxterrierhündin. Sie hing so sehr an mir, dass sie immer bei mir in der Box schlafen wollte. Unter meiner Krippe hatte sie sich ihr Lager bereitet, und dort warf sie eines Tages fünf Junge. Keins von ihnen wurde ertränkt, denn sie gehörten einer wertvollen Rasse an. Skye – so hieß meine Freundin – war sehr glücklich über ihre Kinder. Als sie die Augen aufschlugen, krabbelten sie überall in der Box herum. Es war wirklich ein reizender Anblick.
Da kam einmal der Mann und nahm sie ihr alle weg. Ich dachte: Vielleicht hat er Angst, ich könnte sie tottreten. Doch das war nicht der Grund. Am Abend brachte die arme Skye eines ihrer Jungen nach dem anderen in ihrer Schnauze zurück. Aber die kleinen Dinger, die vorher so fröhlich gewesen waren, bluteten jetzt und winselten erbärmlich. Jedem von ihnen war der Schwanz kupiert worden, und die hübschen Ohrläppchen hatte man bis auf kleine Stummel abgeschnitten. Ich sehe die arme Hundemutter immer noch vor mir, wie sie ihre Kleinen verzweifelt ableckte und wie betrübt sie war.
Die Wunden heilten mit der Zeit, und die jungen Hunde

vergaßen ihren Schmerz. Aber die niedlichen weichen Ohrläppchen, die dazu da waren, den empfindlicheren Teil ihrer Ohren vor Schmutz und Verletzungen zu schützen, waren für immer dahin.
Warum schneiden die Menschen nicht die Ohren ihrer eigenen Kinder spitz, damit sie schick aussehen? Warum schneiden sie ihnen nicht die Nasenspitzen ab, damit sie einen flotten Eindruck machen? Jedes lebende Wesen fühlt doch Schmerz. Welches Recht haben sie, Gottes Geschöpfe zu quälen und zu verunstalten?"
Der gutmütige alte Sir Oliver war ganz zornig geworden. Alles, was er da sagte, war für mich neu und schrecklich, und ich spürte, wie in mir ein nie gekanntes bitteres Gefühl gegen die Menschen aufkam.
Ginger war naturlich besonders aufgeregt. Mit blitzenden Augen und geblähten Nüstern warf sie ihren Kopf hoch und erklärte, die Menschen seien Bösewichte und Dummköpfe.
„Wer spricht hier von Dummköpfen?", fragte Merrylegs, der gerade von dem alten Apfelbaum, an dessen unterem Ast er sich gerieben hatte, herüberkam. „Wer spricht von Dummköpfen? Ich glaube, das ist ein hässliches Wort."
„Für hässliche Dinge kann man nur hässliche Wörter gebrauchen", meinte Ginger und erzählte ihm, was Sir Oliver gesagt hatte.
„Das ist ja leider wahr", bestätigte Merrylegs traurig. „Wo ich zuletzt wohnte, habe ich das mit den Hunden oft gesehen. Aber hier wollen wir nicht darüber reden. Ihr wisst, dass unser Herr, John und James immer nett zu uns sind. An einem solchen Ort schlecht von den Men-

schen zu sprechen, finde ich unrecht und undankbar. Und ihr wisst auch, dass es außer unseren noch andere gute Herren und Grooms gibt, obwohl unsere natürlich die besten sind."

Nach diesen klugen und beruhigenden Worten von Merrylegs kühlten sich unsere Gemüter ab. Besonders Sir Oliver, der sehr an seinem Herrn hing, stimmte Merrylegs eifrig zu.

Um das Thema zu wechseln, fragte ich: „Kann mir jemand erklären, wozu Scheuklappen taugen?"

„Nein!", erwiderte Sir Oliver kurz. „Sie taugen nämlich zu gar nichts."

Jetzt schaltete sich Justice ein. „Sie sollen die Pferde davon abhalten, zu scheuen und so zu erschrecken, dass sie Unfälle verursachen", erläuterte er in seiner bedächtigen Art.

„Weshalb werden sie denn dann nicht auch den Reitpferden angelegt, besonders denen, die von Damen geritten werden?", erkundigte ich mich weiter.

„Bei Kutschpferden ist es eben Mode und bei Reitpferden nicht. Weiter gibt es dafür keinen Grund", erklärte Justice gelassen. „Sie sagen, ein Pferd, das die Räder seines eigenen Karrens oder seiner Kutsche hinter sich sähe, bekäme Angst und würde bestimmt durchgehen. Aber sieht nicht ein Pferd, das geritten wird, überall um sich herum Räder, wenn viel Verkehr auf den Straßen ist? Ich gebe zu, dass die Räder des Wagens, vor den wir selbst gespannt sind, manchmal unangenehm nahe an uns herankommen. Aber deshalb würden wir doch nicht weglaufen! Wir sind ja an sie gewöhnt und verstehen, was das ist. Wenn wir nie Scheuklappen getragen hätten, würden wir sie auch nicht brauchen. Dann könnten wir alles sehen, was uns unterwegs begegnet, wüssten, worum es sich handelt, und hätten weniger Angst als jetzt, wo wir nur einen Bruchteil der Dinge wahrnehmen und nicht begreifen, was das Ganze ist.

Es mag natürlich nervöse Pferde geben, die verletzt oder erschreckt worden sind, als sie jung waren, und für die Scheuklappen vielleicht von Vorteil sind. Aber da ich nie nervös war, kann ich mir darüber kein Urteil erlauben."

„Bei Nacht Scheuklappen zu tragen ist meiner Ansicht nach geradezu gefährlich", meinte Sir Oliver. „Wir Pferde können im Dunkeln viel besser sehen als Menschen, und gar manches Unglück wäre nie geschehen, wenn man den Pferden gestattet hätte, ihre Augen zu gebrauchen. Ich erinnere mich an einen Unfall, der sich vor ein paar Jahren hier in der Nähe ereignete.

In einer dunklen Nacht fuhr ein Leichenwagen, vor den zwei Pferde gespannt waren, an Bauer Sparrows Haus vorbei. Bei dem Teich, der nahe an der Straße liegt, streiften die Räder den Uferrand, der Wagen kippte um und stürzte ins Wasser. Beide Pferde ertranken, und der Fahrer entkam mit knapper Not dem Tode.

Natürlich wurde nach dem schrecklichen Geschehnis dort ein dickes weißes Geländer gebaut, das auch nachts leicht zu erkennen ist. Aber wenn diese Pferde durch ihre Scheuklappen nicht halb blind gewesen wären, hätten sie sich von selbst dem Uferrand fern gehalten, und das Unglück wäre nie passiert.

Und als damals – das war noch vor eurer Zeit – der Wagen unseres Herrn umschlug, hieß es, wenn die Laterne auf der rechten Seite nicht ausgegangen wäre, hätte John bestimmt das große Loch bemerkt, das die Straßenbauarbeiter offen gelassen hatten. Das mag stimmen, aber wenn der alte Hengst Colin ohne Scheuklappen hätte gehen dürfen, hätte er es gesehen – ganz gleich, ob da die Laterne gebrannt hätte oder nicht, denn er war ein viel zu erfahrenes Pferd, als dass er ins Unglück gerannt wäre. Aber die Scheuklappen hinderten ihn daran, und so zerschellte der Wagen, und dass John mit dem Leben davonkam ist das reine Wunder."

„Wisst ihr was?", sagte Ginger und zog die Nüstern kraus. „Ich finde, diese klugen Menschen, die alles wissen und können, sollten eben anordnen, dass in Zukunft nur noch Fohlen mit den Augen mitten auf der Stirn und nicht seitlich zur Welt kommen. Immer bilden sie sich ein, sie müssten die Natur und alles, was Gott geschaffen hat, verbessern."

Wieder entstand eine gespannte Stimmung. Aber da griff der verständige Merrylegs noch einmal ein.

„Ich will euch ein Geheimnis verraten", sagte er und warf den Kopf hoch. „Ich glaube, John ist nicht für Scheuklappen. Ich habe einmal gehört, wie er mit unserem Herrn darüber sprach. Der Herr sagte: ‚Wenn die Pferde daran gewöhnt sind, ist es sicher in manchen Fällen gefährlich, sie wegzulassen.' Daraufhin meinte John, seiner Meinung nach sollten lieber alle Jungpferde ohne Scheuklappen eingefahren werden, so wie es in manchen Ländern üblich ist. Wir wollen also den Mut nicht verlieren. Und nun lasst uns ans andere Ende des Obstgartens rennen. Ich glaube, der Wind hat ein paar Äpfel heruntergeweht. Warum sollen wir sie nicht fressen, bevor sich die Schnecken daran gütlich tun?“

Merrylegs konnte man nicht widerstehen. Also brachen wir unsere Unterhaltung ab und gewannen unsere gute Laune zurück, indem wir bedächtig ein paar süße Äpfel kauten, die im Gras verstreut lagen.

Offen gesagt …

Je länger ich in Birtwick lebte, umso stolzer und glücklicher fühlte ich mich an meinem Arbeitsplatz. Unser Herr und seine Frau wurden von allen, die sie kannten, geschätzt und geliebt. Sie waren gut zu jedem, und nicht nur zu ihren Mitmenschen, sondern auch zu Pferden, Kühen und Eseln, Hunden, Katzen und Vögeln. Es gab kein unterdrücktes, misshandeltes Geschöpf, das nicht an ihnen einen Freund hatte und dem sie nicht halfen, wo sie konnten; und ihre Untergebenen taten es ihnen gleich.

Der Gutsherr und Bauer Grey hatten sich, wie sie sagten, seit mehr als zwanzig Jahren darum bemüht, dass die schweren Wagenpferde von den Aufsatzzügeln befreit wurden. In unserer Gegend sah man sie auch nur selten. Aber manchmal, wenn die Herrin ein schwer beladenes Pferd erblickte, dessen Kopf durch einen solchen Zügel hoch gehalten wurde, ließ sie ihre Kutsche anhalten, stieg aus und erörterte den Fall mit dem Fuhrmann. Dabei hielt sie ihm mit ernsten Worten vor, wie töricht und grausam er handelte.

Ich glaube nicht, dass irgendjemand Frau Gordons Mahnungen, die sie mit sanfter, freundlicher Stimme vortrug,

widerstehen konnte. Ich wünschte, alle Damen wären wie sie.
Auch unser Herr wusch manchem Tierquäler gründlich den Kopf. Ich entsinne mich, wie er mich eines Morgens nach Hause ritt und wir einem großen, kräftigen Mann begegneten, der uns in einer leichten Chaise entgegenkam. Vor die Chaise war ein schönes, rötlich braunes Pony mit schlanken Beinen und einem klugen, feinen Kopf gespannt. Als der Mann an unserem Gut vorbeifahren wollte, machte das kleine Ding eine Wendung und strebte auf das große Eingangstor zu. Da riss der Mann, wortlos und ohne sein Pony vorher zu warnen, den Kopf des armen Geschöpfes mit solchem Ruck herum, dass es beinahe gestürzt wäre. Nachdem es sein Gleichgewicht wieder gefunden hatte, lief es weiter. Der Mann peitschte wütend auf es ein. Das Pony stürmte vorwärts; aber die starke, schwere Hand hielt es mit solcher Gewalt zurück, dass es fast seinen Kiefer brach. Mittlerweile tanzte die Peitsche auf seinem Rücken. Es war ein schrecklicher Anblick für mich, denn ich konnte den durchdringenden Schmerz nachfühlen, den eine solche Misshandlung dem empfindlichen kleinen Maul zufügte.
Mein Herr ließ mich schneller laufen, und wir waren in kürzester Frist bei dem Mann angelangt.
„Sawyer“, rief er streng, „ist das Pony nicht aus Fleisch und Blut?“
„Aus Fleisch und Blut und Eigensinn“, gab der Mann wütend zurück. „Er hat zu viel eigenen Willen, und das passt mir nicht.“ Er war ein Baumeister, der schon oft auf dem Gutshof gearbeitet hatte.

„Und da denken Sie also“, fuhr mein Herr fort, „eine solche Behandlung würde ihn dazu bringen, dass er sich freudig *Ihrem* Willen unterordnet?“

„Er hatte keine Veranlassung, hier einzubiegen. Sein Weg führt geradeaus!“, entgegnete Sawyer grob.

„Sie haben das Pony schon oft auf meinen Hof gelenkt“, sagte Herr Gordon. „Dass es jetzt hierher gehen wollte, beweist nur sein gutes Gedächtnis und seine Intelligenz. Woher konnte es wissen, dass Sie heute nicht die Absicht haben, zu uns zu kommen? Doch wie dem auch sei: Ich muss sagen, Herr Sawyer, dass ich noch nie einer so brutalen, unmenschlichen Behandlung eines kleinen Ponys beigewohnt habe! Im Übrigen fügen Sie, wenn Sie Ihrem Zorn freien Lauf lassen und das arme Tier peitschen, sich selbst einen mindestens ebenso großen – wenn nicht einen noch größeren Schaden zu als Ihrem Pony. Denken Sie daran, dass wir alle einst nach unseren Taten gegenüber Mensch und Tier gerichtet werden.“

Nach diesen Worten ritt der Gutsherr langsam den Weg zu seinem Haus hinauf. Ich hörte ihm an der Stimme an, wie sehr ihn diese Tierquälerei betrübt hatte.

Als wir wieder ein anderes Mal unterwegs waren, trafen wir Hauptmann Langley, einen Freund meines Herrn. Er fuhr in einer Kutsche, die von einem Paar prächtiger Grauschimmel gezogen wurde.

Nachdem die beiden Herren ein paar Worte gewechselt hatten, sagte der Hauptmann: „Was halten Sie von meinem neuen Gespann, Gordon? Sie sind doch der beste

Pferdesachverständige hier in der Gegend. Ich hätte wirklich gern Ihre Meinung darüber gehört."

Mein Herr ritt mich ein wenig zurück, um einen guten Überblick zu haben. „Ein ungewöhnlich schönes Gespann", sagte er, nachdem er die Pferde gründlich betrachtet hatte. „Wenn die beiden so tüchtig sind, wie sie aussehen, können Sie sich gewiss nichts Besseres wünschen. Aber wie ich sehe, halten Sie immer noch an Ihrer alten Gewohnheit fest. Damit quälen Sie Ihre Pferde und lähmen ihre Kraft."

„Was meinen Sie?", fragte der andere. „Ach so, die Aufsatzzügel? Ich weiß, das ist Ihr Lieblingsthema. Aber Sie müssen verstehen, ich sehe es nun einmal gern, wenn meine Pferde den Kopf hoch tragen."

„Das sehe ich auch gern", gab mein Herr zurück, „wie alle anderen. Aber ich sehe es *nicht* gern, wenn er ihnen künstlich hoch gehalten wird. Das nimmt doch der ganzen Sache ihren Reiz! Sie sind Soldat, Langley, und legen sicher großen Wert darauf, dass Ihr Regiment bei der Parade eine gute Figur macht. ‚Kopf hoch' und dergleichen, nicht wahr? Aber es wäre wohl nicht sehr rühmlich für Sie, wenn Ihre Männer einen Geradehalter trügen! Bei einer Parade würde das vielleicht keinen großen Schaden anrichten, wenn man davon absieht, dass sie das Gestell als lästig und anstrengend empfänden. Aber wie wäre es denn bei einem Bajonett-Angriff vor dem Feind, wenn sie jeden Muskel anspannen und ihre ganze Kraft nach vorn werfen müssen? Dann gäbe ich keinen Pfifferling für den Sieg!

Sehen Sie, genauso ist es mit den Pferden: Mit dem Aufsatzzügel reizt man sie nur, regt sie auf und schwächt ihre Kräfte. Man erlaubt ihnen nicht, dass sie ihr Gewicht auf die Vorhand verlagern und mit aller Kraft ziehen. Dadurch werden ihre Gelenke und Muskeln viel zu sehr beansprucht, und so sind sie natürlich schneller verbraucht.

Sie können sich darauf verlassen, Langley: Pferde sind – genau wie Menschen – dazu geschaffen, ihren Kopf frei zu tragen. Wenn wir uns in unserem Handeln etwas mehr vom gesunden Menschenverstand und weniger von der gerade herrschenden Mode leiten ließen, würden wir merken, dass vieles leichter geht.

Und noch eins: Sie wissen genauso gut wie ich, dass ein Pferd mit einem Zügel, der Kopf und Nacken aufrichtet, viel weniger Aussicht hat, wieder richtig auf die Beine zu kommen, wenn es einmal strauchelt. Was meinen Sie, Herr Hauptmann", schloss der Gutsbesitzer, „wollen Sie sich nicht doch bekehren und mich in meinem Kampf gegen die Tierquälerei unterstützen? Ihrem Beispiel würden bestimmt viele folgen."

„Theoretisch haben Sie vielleicht Recht", gab Hauptmann Langley zurück, „und mit Ihren Bemerkungen über die Soldaten haben Sie es mir ja tüchtig gegeben. Aber – nun ja, ich werde mir die Sache überlegen."

Ein langer Tag

Eines Tages im Spätherbst hatte mein Herr geschäftlich in der Stadt zu tun. Ich wurde vor den Dogcart* gespannt, und John begleitete ihn.

Den Dogcart zog ich immer gern; er war leicht, und die hohen Räder rollten so angenehm dahin. Es war reichlich Regen gefallen; ein heftiger Wind blies die dürren Blätter über die Landstraße. Frohgemut zogen wir unseres Weges, bis wir an die Zollschranke vor der Holzbrücke kamen. Die Flussufer lagen ziemlich hoch, und die Brücke war nicht gewölbt, sondern verlief eben, so dass bei hohem Wasserstand der Fluss beinahe bis zu den Planken reichte. Aber da die Brücke rechts und links von einem guten, stabilen Geländer eingefasst war, störte das die Passanten nicht.

Der Zöllner sagte, der Fluss sei im Steigen begriffen; es sei zu befürchten, dass es eine schlechte Nacht gebe. Viele Wiesen waren bereits überschwemmt, und in einem tief gelegenen Teil der Straße reichte mir das Wasser bis zur halben Höhe meiner Knie. Aber der Untergrund war fest, und der Herr fuhr behutsam.

* Dogcart = leichter Jagdwagen

Als wir in der Stadt anlangten, wurde ich gut gefüttert und getränkt. Da mein Herr durch seine Geschäfte lange aufgehalten wurde, traten wir erst am späten Nachmittag den Heimweg an. Der Wind hatte sich inzwischen noch verstärkt, und ich hörte den Herrn zu John sagen, er sei noch nie bei einem solchen Sturm unterwegs gewesen. Ich dachte das Gleiche, als wir am Saum eines Waldes entlangzogen, wo die großen Äste unter unheimlichem Rauschen wie Ruten hin- und herschwangen.
„Ich wollte, wir hätten den Wald schon ein paar Meilen hinter uns", bemerkte Herr Gordon.
„Ja", sagte John, „es wäre ziemlich unangenehm, wenn uns einer von diesen Ästen auf den Kopf fiele."
Kaum hatte er das ausgesprochen, da war ein Ächzen, dann ein Knacken, schließlich ein Krachen zu hören. Mit rasender Schnelligkeit stürzte eine entwurzelte Eiche zwischen den anderen Bäumen herab und fiel gerade vor uns quer über die Straße. Es wäre gelogen, wenn ich behaupten würde, ich hätte mich in diesem Augenblick nicht gefürchtet. Ich war viel zu gut erzogen, um zu wenden oder durchzugehen, aber ich blieb wie angewurzelt stehen und bebte am ganzen Körper. John sprang aus dem Wagen und stellte sich neben mich.
„Das war hart dran", sagte mein Herr. „Was sollen wir jetzt nur tun?"
„Tja, Herr. Das ist gar nicht so einfach", erwiderte John langsam. „Über diesen Baum fahren können wir nicht und um ihn herum auch nicht. Es wird uns nichts anderes übrig bleiben, als bis zur Kreuzung zurückzukehren. Bis zur Holzbrücke sind es wohl reichlich sechs Meilen.

Wir haben noch eine ziemlich lange Reise vor uns. Aber Black Beauty ist ja gut ausgeruht."

Wir wendeten also, und zurück ging's zur Kreuzung. Als wir die Brücke erreichten, war es beinahe dunkel. Wir konnten gerade noch erkennen, dass das Wasser die Mitte der Brücke überspülte. Doch da das bei Hochwasser nichts Ungewöhnliches war, ließ Herr Gordon mich flott weiterlaufen.

Als ich die Füße auf die Brücke setzte, hatte ich gleich das untrügliche Gefühl, dass etwas nicht in Ordnung sei. Ich blieb jäh stehen. „Vorwärts, Beauty", forderte mich Herr Gordon auf und berührte mich leicht mit der Peitsche. Ich wagte mich einfach nicht weiter. Er versetzte mir einen scharfen Streich; ich sprang hoch, tat aber keinen Schritt vorwärts.

„Da stimmt etwas nicht, Herr", meinte John. Er sprang aus dem Dogcart, stellte sich neben meinen Kopf und spähte in die Dunkelheit. Dann redete er mir gut zu und versuchte mich zu führen. „Komm doch, Beauty! Was ist denn los, mein Junge?" Natürlich konnte ich ihm nicht antworten, aber ich wusste genau, dass die Brücke nicht sicher war.

In diesem Augenblick rannte der Zöllner auf dem anderen Ufer aus seinem Haus und schwenkte wild eine Fackel.

„Hoi, hoi, hoi! Hallo! Stopp!", brüllte er.

„Was gibt's denn?", rief mein Herr zurück.

„Die Brücke ist in der Mitte geborsten. Ein Teil ist weggeschwemmt worden. Wenn Sie weiterfahren, fallen Sie in den Fluss."

„Gott sei's gedankt!", rief Herr Gordon.
„Guter Beauty!", lobte mich John, nahm die Zügel auf, lenkte mich behutsam rechtsum und dann am Flussufer entlang.
Die Sonne war schon eine Weile untergegangen. Der Wind schien sich nach dem wütenden Stoß, der den Baum mit den Wurzeln ausgerissen hatte, gelegt zu haben. Es wurde immer dunkler und immer stiller. Ich trabte ruhig dahin; das Rollen der Räder war auf dem weichen Boden kaum zu hören.
Eine Zeit lang schwiegen die beiden Männer, dann begann mein Herr mit ernster Stimme zu sprechen. Ich verstand nicht alles, was sie sagten, aber so viel begriff ich, dass sie meinten, wenn ich über die Brücke gegangen wäre, wie Herr Gordon von mir verlangt hatte, wären Pferd und Wagen, Herr und Knecht in den Fluss gestürzt. Und da die Strömung augenblicklich sehr stark sei und wir weder ein Licht hätten noch uns jemand hätte zu Hilfe eilen können, wären wir ganz gewiss alle ertrunken.
Der Gutsherr sagte, Gott habe den Menschen Verstand gegeben, mit dem sie viele Dinge selbst herausfinden könnten; aber den Tieren habe er ein Wissen geschenkt, das nicht auf Vernunft beruhe und dennoch vollkommen sei und jederzeit zur Verfügung stehe. Mit ihrem Wissen, Instinkt genannt, hätten sie schon vielen Menschen das Leben gerettet.
Daraufhin erzählte John Geschichten von wunderbaren Taten, die Hunde und Pferde vollbracht haben. Seiner Meinung nach schätzten die Menschen ihre Haustiere

bei weitem nicht hoch genug ein. „Sie müssten doch eigentlich wissen, dass es ihre besten Freunde sind“, sagte er.

Endlich kamen wir an das Tor zum Gut. Dort berichtete der Gärtner, er habe schon lange nach uns Ausschau gehalten, denn die Herrin sei seit Einbruch der Dunkelheit in großer Sorge. Sie habe James auf Justice, dem Rotschimmel, nach der Holzbrücke geschickt, damit er sich beim Zöllner nach uns erkundige.

An der Eingangstür und in den oberen Räumen des Gutshauses brannte Licht, und als wir anlangten, kam Frau Gordon herausgelaufen und rief: „Bist du wirklich heil zurückgekommen, mein Lieber? Oh, ich hatte so große Angst und habe mir schon alles mögliche Schlimme vorgestellt, das euch zugestoßen sein könnte. Habt ihr einen Unfall gehabt?“

„Nein, nein, meine Liebe, wirklich nicht“, beruhigte sie ihr Mann. „Aber wenn dein Black Beauty nicht klüger gewesen wäre als wir, lägen wir jetzt alle im Fluss.“

Mehr hörte ich nicht, denn nun gingen sie ins Haus, und John brachte mich in den Stall. An diesem Abend bekam ich besonders gutes Futter: einen herrlichen Kleiebrei und ein paar zerstampfte Bohnen zu meinem Hafer, und für die Nacht ein schönes dickes Strohlager. Darüber freute ich mich, denn ich war sehr hungrig und müde geworden.

Woran man den Teufel erkennt

Als John und ich eines Tages eine Besorgung für unseren Herrn erledigt hatten und nun auf einer langen, geraden Straße gemächlich heimwärts trabten, sahen wir in einiger Entfernung einen Bauernjungen, der auf einem Pony über ein Tor springen wollte.

Das Pony weigerte sich, und der Junge schlug es mit der Peitsche – es drehte nach rechts ab. Wieder sauste die Peitsche auf seinen Rücken – diesmal brach das Pony zur linken Seite aus. Da saß der Junge ab und verdrosch es ausgiebig, hieb es sogar über den Kopf. Gleich danach saß er wieder auf und trieb das Tier von neuem zum Sprung an, wobei er es die ganze Zeit grausam in die Weichen trat. Doch das Pony blieb hartnäckig und verweigerte weiterhin das Hindernis. Schließlich senkte es den Kopf, warf die Hinterhand hoch, und der Junge segelte kopfüber in eine Hagedornhecke. Dann rannte es in vollem Galopp davon.

John lachte laut auf. „Das geschieht dem Bengel recht", meinte er.

„Oh! Oh! Oh!", schrie der Junge, während er versuchte, sich von den Dornen zu befreien. „He, kommen Sie doch und helfen Sie mir heraus!"

„Das fehlte noch“, gab John zurück. „Ich finde, du bist genau am richtigen Platz. Ein paar Kratzer werden dich vielleicht lehren, ein Pony nicht über ein Tor zu jagen, das zu hoch für es ist.“ Damit ritt er weiter.

„Wer weiß, ob dieser Bursche nicht obendrein seinen Vater anlügt“, sagte er zu sich selbst. „Ich will lieber einen kleinen Umweg machen und über Bauer Bushbys Hof nach Hause reiten. Falls Bushby wissen will, wie sich die Sache zugetragen hat, können wir ihm mit allen Einzelheiten dienen, nicht wahr, Beauty?“

Wir bogen also nach rechts ab und kamen bald zum Hof des Bauern. Herr Bushby lief uns bis zur Straße entgegen, seine Frau stand mit ängstlichem Gesicht an der Pforte.

„Haben Sie meinen Jungen gesehen?“, fragte der Bauer, als wir auf ihn zukamen. „Er ist vor einer Stunde auf meinem schwarzen Pony weggeritten, und das Tier ist gerade eben ohne Reiter zurückgekommen.“

„Ich glaube, ohne Reiter ist es auch besser dran“, versetzte John, „das heißt, solange es nicht vernünftiger geritten wird.“

„Wie meinen Sie das?“, fragte der Bauer.

„Na ja, ich habe gesehen, wie Ihr Sohn den kleinen Kerl schandbar gepeitscht und mit den Füßen getreten hat, weil er nicht über ein viel zu hohes Tor springen wollte. Das Pony tat das einzig Richtige, Herr Bushby. Es zeigte keine Unart. Zu guter Letzt warf es nur die Hinterhand hoch und kippte seinen jungen Herrn in eine Dornenhecke. Er meinte, ich sollte ihm heraushelfen, aber das sehe ich nicht ein. Ich hoffe, Sie nehmen mir das nicht übel. Er hat sich ja nicht die Knochen gebrochen. Ein paar Kratzer wird er sich allerdings geholt haben. Ich liebe Pferde, und es tut mir weh, wenn ich sehe, wie sie misshandelt werden. Es ist schändlich, ein Tier zu quälen, bis es sich aufbäumt oder ausschlägt. Das erste Mal ist dann nicht immer das letzte."

Inzwischen fing die Mutter an zu weinen und rief: „Oh, mein armer Bill! Ich muss zu ihm gehen, er ist bestimmt verletzt."

„Geh du lieber ins Haus, Frau", sagte der Bauer. „Bill braucht einen Denkzettel. Er hat das Pony schon öfter gequält, das hört jetzt auf. Dafür werde ich sorgen. Ich bin Ihnen sehr dankbar, Manly. Guten Abend."

Wir setzten unseren Heimweg fort. John war gut aufgelegt. Zu Hause erzählte er James von dem Erlebnis. Der lachte und meinte: „Das geschieht dem Schlingel recht. Ich kenne Bill von der Schule her. Er bildete sich eine Menge darauf ein, dass er ein Bauernsohn ist. Immer prahlte er herum und tyrannisierte die Kleinen. Natürlich haben wir Älteren ihm unsere Meinung gesagt und ihm zu verstehen gegeben, dass in der Schule und auf dem Spielplatz Bauern- und Arbeitersöhne gleich sind.

An einem Tag – es war vor dem Nachmittagsunterricht – fand ich ihn, wie er an dem großen Fenster Fliegen fing und ihnen die Flügel ausriss. Er sah mich nicht, und ich gab ihm eine so saftige Ohrfeige, dass er auf den Fußboden flog. Trotz meiner Wut bekam ich jetzt beinahe Angst, denn er brüllte wie am Spieß. Die anderen Jungen stürmten in die Klasse, und der Lehrer rannte von der Straße herein, um zu sehen, wer da ermordet wurde. Ich erzählte ihm sofort, was ich getan hatte und warum ich es getan hatte. Dann zeigte ich ihm die armen Fliegen. Ein paar von ihnen waren zerquetscht, andere krochen hilflos umher, und die Fensterbank war mit Flügeln übersät.

Unser Lehrer wurde so zornig, wie ich ihn noch nie gesehen hatte. Aber weil Bill, der feige Kerl, immer noch heulte und jammerte, schlug er ihn nicht. Er ließ ihn nur den ganzen Nachmittag auf einem Schemel stehen und gab ihm für eine Woche Klassenarrest.

Im Unterricht sprach er mit uns über Grausamkeit. Er führte uns vor Augen, wie hartherzig und feige es ist, Schwachen und Hilflosen wehzutun. Dabei sagte er etwas, was mich besonders beeindruckt hat: An der Grausamkeit, erklärte er, erkennt man den Teufel. Wenn wir einen Menschen sähen, der daran Gefallen finde, andere Menschen oder Tiere zu quälen, könnten wir gleich erkennen, wem er angehöre, ‚denn' – sagte er – ‚der Teufel ist ein Mörder von Anbeginn und ein Peiniger bis an der Welt Ende.' An denjenigen dagegen, die ihre Nächsten liebten und zu Mensch und Tier gut seien, könnten wir Gott erkennen, denn ‚Gott ist die Liebe.'"

„Euer Lehrer hat euch die reine Wahrheit beigebracht", sagte John. „Es gibt keine Religion ohne die Liebe. Die Leute mögen noch so fromm tun: Wenn ihr Glaube sie nicht lehrt, freundlich und gut zu Mensch und Tier zu sein, dann ist alles bloßer Schein und leeres Gerede und wird nicht standhalten an dem Tag, da alle Dinge als das gewogen werden, was sie wirklich sind."

James Howard

Es war an einem der ersten Tage im Dezember. John hatte mich nach dem täglichen Ausritt am Morgen in meine Box geführt und mir die Decke übergelegt, und James brachte mir gerade Hafer aus der Kornkammer, da kam unser Herr in den Stall. Er hielt einen offenen Brief in der Hand, und sein Gesichtsausdruck war ernst. John machte die Tür zu meiner Box fest zu, tippte an seine Mütze und wartete auf Befehle.

„Guten Morgen, John“, begann Herr Gordon. „Ich hätte gern gewusst, ob du dich in irgendeiner Weise über James beklagen kannst.“

„Beklagen? Nein, Herr.“

„Ist er fleißig bei seiner Arbeit und zeigt er dir gegenüber den schuldigen Respekt?“

„Ja, immer, Herr.“

„Vernachlässigt er manchmal seine Pflichten, wenn du ihm den Rücken kehrst?“

„Niemals, Herr.“

„Das ist gut. Aber ich muss dich noch etwas fragen. Hast du irgendeinen Anlass zu dem Verdacht, dass er sich unterwegs aufhält, wenn er die Pferde bewegen oder jemandem eine Nachricht überbringen soll? Dass er zum

Beispiel auf der Straße mit seinen Freunden schwatzt oder Häuser besucht, in denen er nichts zu suchen hat, und die Pferde inzwischen draußen warten lässt?"
„Nein, Herr, bestimmt nicht. Und wenn jemand so etwas über James sagt, glaube ich es nicht und werde es so lange nicht glauben, bis er es mir beweisen kann. Ich habe keine Ahnung, wer da versucht hat, James die Ehre abzuschneiden, aber das möchte ich doch sagen: Ich habe in diesem Stall bisher noch keinen zuverlässigeren, angenehmeren, ehrlicheren und geschickteren Burschen gehabt als ihn. Ich kann mich auf sein Wort verlassen, und ich kann mich auf seine Arbeit verlassen. Er geht umsichtig und rücksichtsvoll mit den Pferden um, und ich würde sie jederzeit lieber ihm anvertrauen als den meisten Burschen in Livree mit Tressen auf dem Hut. Wer ein Zeugnis über James Howard braucht", fügte er hinzu und warf energisch den Kopf in den Nacken, „der soll nur zu John Manly kommen."
Herr Gordon hatte die ganze Zeit aufmerksam und mit ernster Miene zugehört. Als John jetzt mit seiner Rede fertig war, zog ein breites Lächeln über sein Gesicht. Er blickte freundlich zu James hinüber, der inzwischen still an der Tür gestanden hatte, und sagte: „James, setz die Sachen ab und komm doch mal her. Ich bin sehr froh darüber, dass Johns Meinung über deinen Charakter genau mit meiner eigenen übereinstimmt. John ist ein vorsichtiger Mann", fuhr er schmunzelnd fort, „und es ist nicht immer leicht, ihm eine Meinung über jemanden zu entlocken. Aus diesem Grund dachte ich: Wenn ich von dieser Seite her auf den Busch klopfe, fliegen die Vögel

am ehesten heraus ... Aber kommen wir zur Sache: Ich habe von meinem Schwager, Sir Clifford Williams von Clifford Hall, einen Brief bekommen. Er bittet mich, ihm einen verlässlichen jungen Stallburschen, der sein Geschäft versteht, zu besorgen. Sein Kutscher, der seit zwanzig Jahren bei ihm ist, wird allmählich alt und hinfällig, und er braucht jemanden, der ihn unterstützt und in seine Aufgabe hineinwächst. Wenn der Alte dann zu arbeiten aufhört, soll der Bursche seine Stellung übernehmen. Er würde zunächst 18 Schilling bekommen, einen Stallanzug, einen Kutscheranzug, eine Schlafkammer über der Remise und zur Hilfe einen jüngeren Burschen, der unter seiner Anleitung arbeitet. Sir Clifford ist ein guter Dienstherr. Wenn du diese Stellung bekommen könntest, James, wäre das ein guter Start für dich. Ich trenne mich ungern von dir, und ich weiß, dass John sozusagen seine rechte Hand verliert, wenn du uns verlässt."
„Das ist wahr, Herr", fiel John ein. „Aber ich möchte ihn auf keinen Fall in seiner Laufbahn behindern."
„Wie alt bist du, James?", fragte der Gutsherr.
„Ich werde im Mai neunzehn, Herr."
„Das ist recht jung. Was meinst du dazu, John?"
„Nun ja, Herr, jung ist er, das stimmt. Aber er ist zuverlässig wie ein Erwachsener und kräftig und gut gewachsen. Im Kutschieren hat er zwar noch nicht viel Erfahrung; aber er besitzt eine leichte, sichere Hand und ein scharfes Auge, und er ist sehr vorsichtig. Ich bin ganz sicher, dass kein Pferd, das unter James' Obhut steht, verdorben wird, weil die Hufe und Hufeisen nicht ordentlich nachgesehen werden."

„Dein Wort wiegt am schwersten, John“, sagte Herr Gordon, „denn Sir Clifford schreibt in seinem Brief: Am liebsten würde ich einen jungen Mann nehmen, der von deinem John ausgebildet worden ist. Also James, überleg dir die Sache, sprich heute Abend mit deiner Mutter und teile mir dann deinen Entschluss mit.“

Ein paar Tage nach dieser Unterhaltung wurde endgültig abgemacht, dass James in einem Monat oder – falls es seinem künftigen Herrn so besser passte – in sechs Wochen nach Clifford Hall gehen würde. In der Zwischenzeit sollte er so gründlich wie möglich im Kutschieren ausgebildet werden.

Solange ich auf dem Gutshof lebte, war der Wagen noch nie so oft unterwegs gewesen. Sonst, wenn nicht gerade die Herrin ausfuhr, hatte Herr Gordon selbst die zweirädrige Chaise gelenkt. Aber jetzt wurden Ginger und ich bei jeder Gelegenheit vor die Kutsche gespannt, und James musste kutschieren – ganz gleich, ob der Gutsherr oder seine Frau oder Jessie und Flora spazieren fahren wollten oder eine Nachricht überbracht werden sollte. Zu Anfang saß John bei ihm auf dem Kutschbock und erklärte ihm dies und das, später lenkte James uns dann allein.

Der alte Stallmeister

Einmal wollten der Herr und die Herrin Freunde besuchen, die etwa 45 Meilen von Birtwick Park entfernt wohnten. James sollte sie dorthin fahren.

Am ersten Tag legten wir 32 Meilen zurück. Auf dem Weg hatten wir ein paar schwierige Steigungen zu überwinden, doch James fuhr so sorgsam und rücksichtsvoll, dass es uns überhaupt nicht anstrengte. Er vergaß nie den Hemmschuh unterzulegen, wenn wir bergab gingen, noch ihn abzunehmen, sobald es nötig war. Er suchte für uns immer den weichsten Teil der Straße aus, und wenn es lange bergauf ging, setzte er die Wagenräder ein wenig quer, damit wir nicht zurückrutschten, und ließ uns von Zeit zu Zeit verschnaufen. Das alles sind große Erleichterungen für uns Pferde, besonders wenn man uns noch einige freundliche Worte dazugibt. Ein paar Mal machten wir unterwegs Rast. Die Sonne ging gerade unter, als wir die Stadt erreichten, in der wir die Nacht verbringen sollten. Wir hielten vor dem ersten Hotel des Ortes, das direkt am Marktplatz liegt. Es war ein sehr stattliches Gebäude. Durch einen Torbogen gelangten wir in einen lang gestreckten Hof, an dessen Ende sich die Ställe und Remisen befanden. Zwei Stallknechte spannten uns aus. Der Stallmeister war ein netter, behänder kleiner Mann mit krummen Beinen und einer gelb gestreiften Weste. Ich habe nie einen Mann so flink abschirren sehen. Mit einem zärtlichen Klaps und guten Worten führte er mich in einen geräumigen Stall mit sechs bis acht Boxen und drei Pferden. Ein zweiter Mann brachte Ginger.

Der Stallmeister rieb mich ab und putzte mich mit so leichter und schneller Hand, wie ich es noch nie erlebt hatte. Als er fertig war, trat James zu mir und strich über meinen Körper. Er dachte wohl, in so kurzer Zeit könne kein Mensch diese Arbeit gründlich ausführen. Aber er stellte fest, dass mein Fell sauber und so weich wie Seide war.

„Ich habe mir immer eingebildet, ich sei schon ziemlich flink – ganz abgesehen von unserem John Manley, der mich angelernt hat", sagte er zu dem Stallmeister. „Aber Sie schlagen wirklich alle, sowohl was Schnelligkeit als auch, was Gründlichkeit betrifft."

„Übung macht den Meister", gab der Krummbeinige zurück. „Es wäre ja schlimm, wenn es nicht so wäre. Vierzig Jahre Praxis haben und nicht perfekt sein – ha, ha, das wäre wirklich eine Schande! Und was das Flinksein angeht – na ja, das ist einfach Gewohnheitssache. Wenn man sich daran gewöhnt, schnell zu arbeiten, geht das so leicht, wie wenn man es im Schneckentempo erledigt. Sogar leichter, würde ich sagen. Es verträgt sich einfach nicht mit meiner Natur, bei einer Arbeit doppelt so lange zu brauchen, wie es nötig ist.

Sie müssen wissen, ich habe seit meinem zwölften Lebensjahr mit Pferden zu tun gehabt, habe in Jagd- und Rennställen und – weil ich klein bin – mehrere Jahre lang als Jockey gearbeitet. Aber auf der Rennbahn in Goodwood war der Boden sehr schlüpfrig, mein guter Hengst Larkspur stürzte, und ich brach mir das Knie. Damit war meine Laufbahn auf diesem Gebiet zu Ende. Aber ohne Pferde konnte ich natürlich nicht leben. Also suchte ich mir Arbeit in Hotels.

Ich kann Ihnen sagen, es ist ein Vergnügen, mit einem Pferd wie Ihrem zu tun zu haben: Ein Pferd, das aus einem guten Stall kommt und gut gepflegt ist, weiß, was sich gehört. Überlassen Sie mir ein Pferd für zwanzig Minuten, und ich sage Ihnen, mit was für Menschen es zu tun hat. Ihr Rappe ist umgänglich, ruhig, er dreht sich so herum, wie man es haben will, hebt seinen Huf hoch, damit man ihn auskratzen kann, und tut alles, was man von ihm verlangt. Dagegen gibt es welche, die sind nervös und reizbar, bewegen sich nicht, wie sie sollen, oder traben durch die Box, schlagen mit dem Kopf, sobald man ihnen nahe kommt, legen die Ohren an oder keilen aus. Wenn ich so etwas sehe, weiß ich gleich, wie sie zu Hause behandelt werden, die armen Dinger! Wenn sie von Natur aus furchtsam sind, erschrecken sie sich leicht und werden scheu; sind sie feurig, werden sie bösartig und gefährlich. Das Gemüt der Pferde bildet sich hauptsächlich in ihrer Jugend. Ja, ja, sie sind wie Kinder. Erzieht man sie richtig, dann sind sie ihr Leben lang leicht zu haben – vorausgesetzt natürlich, dass sie in einigermaßen gute Hände kommen."

„So etwas höre ich gern", sagte James. „Sie haben die

gleichen Ansichten, wie wir sie zu Hause bei meinem Herrn vertreten."

„Wer ist denn Ihr Dienstherr, junger Mann, wenn man fragen darf? Nach allem, was ich vor mir sehe, muss es ein guter Herr sein."

„Gutsbesitzer Gordon von Birtwick Park. Sein Hof liegt drüben auf der anderen Seite der Beaconhügel", erwiderte James.

„Aha, von dem habe ich schon gehört. Ein guter Pferdekenner und der beste Reiter in Ihrer Gegend, nicht wahr?"

„Ja, das ist er wohl", meinte James, „aber jetzt reitet er nur noch wenig, seit der junge Herr tödlich verunglückt ist."

„Ach ja, der arme George Gordon! Ich habe die ganze Sache damals in der Zeitung gelesen. Dabei kam auch ein feines Pferd zu Tode, nicht wahr?"

„Ja", sagte James. „Es war ein prächtiges Tier, der Bruder von diesem hier und genauso wie er."

„Ein Jammer, ein Jammer!", rief der alte Mann. „Wenn ich mich recht erinnere, war die Stelle sehr ungünstig zum Springen: Oben ein dünner Zaun, dann ein steiles Flussufer, war es nicht so? Da kann ja kein Pferd sehen, wohin es tritt. Ich bin bestimmt für Jagdspringen, aber es gibt eben Sprünge, die nur ein sehr erfahrener Jäger nehmen sollte. Das Leben eines Menschen und das Leben eines Pferdes sind mehr wert als ein Fuchsschwanz. Jedenfalls ist das meine Meinung."

Jetzt hatte der andere Mann Ginger fertig geputzt und unseren Hafer gebracht. James und der Alte verließen den Stall.

Es brennt

Später am Abend brachte der zweite Stallknecht das Pferd eines Reisenden herein, und während er es putzte, kam ein junger Mann mit einer Pfeife im Mund in den Stall geschlendert, um ein wenig mit ihm zu schwatzen.
„Hör mal, Towler“, sagte der Stallknecht, „lauf doch mal die Leiter zum Boden rauf und wirf ein bisschen Heu in die Raufe. Aber leg deine Pfeife erst weg.“
„Wird gemacht“, erwiderte der Angeredete und ging durch die Falltür. Ich hörte ihn über den Heuboden stapfen und das Heu herunterwerfen. Zum Schluss kam James noch einmal herein, um nach uns zu sehen; dann wurde die Tür zugesperrt.
Ich weiß nicht, wie lange ich geschlafen habe und wie spät es war, als ich mit einem unbehaglichen Gefühl, das ich mir nicht deuten konnte, erwachte. Ich stand auf. Die Luft war stickig. Ginger hustete, und eins der anderen Pferde warf sich unruhig herum. Sehen konnte ich nichts. Es war stockdunkel. Aber ich spürte, dass der Stall voller Rauch war, denn ich konnte kaum atmen. Ich dachte, der Rauch müsse aus der Richtung der Falltür kommen, die offen gelassen worden war. Ich lauschte und hörte ein leises Rascheln, Knistern und Knacken.

Was es war, wusste ich nicht, aber das Geräusch wirkte so eigenartig, dass ich am ganzen Körper bebte. Die anderen Pferde waren jetzt alle wach: Die einen zerrten an ihren Halftern, andere stampften.

Endlich hörte ich draußen Schritte, und der Stallknecht, der das Pferd des Reisenden versorgt hatte, stürmte mit einer Laterne in den Stall, band ein Tier nach dem anderen los und versuchte es hinauszuführen. Aber seine Bewegungen waren so hastig, und er schien selber so große Angst zu haben, dass sich meine Furcht noch verstärkte. Das erste Pferd weigerte sich, mit ihm zu gehen. Er probierte es mit dem zweiten und dritten, aber auch sie rührten sich nicht von der Stelle. Dann kam er zu mir und bemühte sich, mich mit Gewalt aus der Box zu ziehen – natürlich ohne Erfolg. Nacheinander versuchte er es mit uns allen. Schließlich gab er es auf und verließ den Stall.

Zweifellos benahmen wir uns sehr töricht. Aber wir hatten nun einmal das Gefühl, dass überall um uns herum Gefahr drohte und niemand da war, dem wir vertrauen konnten.

Die frische Luft, die jetzt durch die offene Tür hereindrang, machte uns das Atmen etwas leichter; aber das Knistern über unseren Köpfen wurde lauter, und als ich durch die Stangen meiner leeren Raufe nach oben blickte, sah ich ein rotes Flackern an der Wand. Dann hörte ich, dass draußen jemand „Feuer!" rief. Gleich darauf kam der alte Stallmeister schnell, aber ruhig herein. Es gelang ihm, eins der Pferde ins Freie zu führen. Dann trat er zu dem nächsten. Inzwischen züngelten die Flammen

an der Falltür hoch, und über unseren Köpfen brauste es entsetzlich.
Auf einmal stand James neben mir. „Wach auf, Beauty", sagte er. „Wir müssen hier raus. Lass uns ganz schnell aufzäumen, und dann kommst du brav mit mir." Seine Stimme klang heiter und gelassen wie immer, und er klopfte mir den Hals.
Im Nu hatte er mich aufgezäumt. Dann band er seinen Schal ab, legte ihn mir leicht über die Augen und geleite-

te mich unter Streicheln und zärtlichen Worten aus dem Stall. Sobald ich wohlbehalten auf dem Hof stand, nahm er mir den Schal von den Augen und rief: „He, ihr Burschen, haltet mir mal den Rappen! Ich gehe derweil hinein und hole das nächste Pferd."

Ein großer, breiter Mann trat heran und nahm meinen Zügel, während James in den Stall zurückrannte. Ich wieherte schrill, als ich ihn weglaufen sah. Ginger erzählte mir später, das sei ihre Rettung gewesen. Wenn sie mein Wiehern nicht gehört und daran gemerkt hätte, dass ich auf dem Hof war, hätte sie nie den Mut aufgebracht, den Stall zu verlassen.

Auf dem Hof herrschte ein großes Durcheinander. Auch aus den anderen Ställen wurden die Pferde und aus den Remisen und Schuppen die Wagen und Gigs herausgeholt, für den Fall, dass die Flammen sich ausbreiteten. Auf der gegenüberliegenden Seite des Hofes wurden Fenster aufgestoßen, und Leute schrien durcheinander. Ich ließ meine Augen nicht von der Stalltür, aus der in immer dichteren Schwaden der Rauch quoll und rote Flammen loderten. Plötzlich hörte ich durch das Getümmel Herrn Gordons laute, klare Stimme, die alle anderen Geräusche übertönte.

„Jim! James Howard! Bist du da?"

Es kam keine Antwort. Stattdessen krachte es im Stall; irgendetwas musste dort heruntergefallen sein. Im nächsten Augenblick stieß ich ein freudiges Wiehern aus: Ich sah James mit der heftig hustenden Ginger durch den Rauch kommen. Er war nicht im Stande, ein Wort hervorzubringen.

„Mein tapferer Junge!", sagte Herr Gordon und legte James die Hand auf die Schulter. „Bist du verletzt?"

James schüttelte den Kopf, denn er konnte immer noch nicht sprechen.

„Er ist wirklich ein tapferer Junge. Daran gibt es gar kei-

nen Zweifel“, bestätigte der dicke Mann, der mich hielt. „Nun wollen wir aber so schnell wie möglich diesen Ort hinter uns lassen, James“, fuhr unser Herr fort.
Während wir auf das Eingangstor zustrebten, war vom Marktplatz her Hufgetrappel und lautes Rumpeln von Wagenrädern zu hören.
„Die Feuerspritze! Die Feuerspritze!“, riefen ein paar Stimmen. „Zurück, macht Platz!“ Da stürmten schon zwei Pferde mit dem schweren Spritzenwagen auf den Hof. Die Feuerwehrmänner sprangen ab. Sie brauchten nicht erst zu fragen, wo es brannte. Aus dem Dach loderte eine Riesenflamme heraus.
Wir eilten auf den weiten, ruhigen Marktplatz. Die Sterne funkelten, und abgesehen von dem Lärm hinter uns war alles still. Herr Gordon ging voran, auf ein großes Gasthaus zu, und als der Stallknecht auftauchte, sagte er zu James:
„Ich muss jetzt schnell zu meiner Frau gehen und sie beruhigen. Die Pferde lasse ich in deiner Obhut. Bestell, was du für nötig hältst.“ Danach machte er sich unverzüglich auf den Weg. Er rannte nicht, aber ich habe nie einen Menschen so schnell ausschreiten sehen wie ihn in dieser Nacht.
Bevor wir in unsere Boxen kamen, hörten wir noch das gellende Gewieher der armen Pferde, die im Stall verbrannten. Es war grauenvoll! Ginger und ich wurden ganz krank davon.
Am nächsten Morgen kam Herr Gordon zu unserem Gasthaus zurück, um nachzusehen, wie es um uns stand, und um mit James zu sprechen. Ich hörte nicht viel von der

Unterhaltung, denn der Stallknecht war gerade dabei, mich zu striegeln. Aber James sah sehr glücklich aus, und ich glaube, unser Herr war stolz auf ihn. Frau Gordon hatte sich in der Nacht so aufgeregt, dass unsere Weiterreise bis zum Nachmittag aufgeschoben wurde. James hatte also den Vormittag zu seiner Verfügung. Zuerst ging er ins Hotel, um nach unserem Geschirr und dem Wagen zu sehen und mehr über den Brand zu hören.

Nach seiner Rückkehr erzählte er dem Stallknecht davon. Zuerst hatte niemand geahnt, wodurch das Feuer verursacht worden war. Aber schließlich hatte ein Mann erklärt, er habe Dick Towler mit der Pfeife im Mund in den Stall gehen und ohne Pfeife wieder herauskommen sehen. Dann erinnerte sich der zweite Stallknecht des Hotels, dass er Towler gebeten hatte, auf den Boden zu steigen und Heu herunterzuwerfen, ihn aber aufgefordert hatte, vorher seine Pfeife wegzulegen. Towler bestritt, dass er die Pfeife mitgehabt habe; aber niemand glaubte ihm. Mir fiel ein, dass bei uns im Stall auf John Manlys Anordnung nicht geraucht werden durfte, und ich dachte: Diese Vorschrift müsste in allen Pferdeställen gelten.

James sagte, das Dach und das ganze Obergeschoss seien eingestürzt; nur die verkohlten Wände stünden noch. Die beiden armen Pferde, die nicht mehr hatten ins Freie gebracht werden können, waren unter den herabstürzenden Dachsparren und Ziegeln begraben worden.

JOHN MANLY ERZÄHLT AUS SEINEM LEBEN

Unsere weitere Reise verlief ohne Zwischenfälle, und nicht lange nach Sonnenuntergang erreichten wir das Haus von Herrn Gordons Freund. Wir Pferde wurden in einen sauberen, schmucken Stall geführt. Dort war ein freundlicher Kutscher, der uns gut versorgte. Als er von dem Brand hörte, schien er sehr beeindruckt von James' tapferer Tat.

„Eine Sache ist ganz klar, junger Mann", sagte er. „Ihre Pferde wissen, wem sie vertrauen können. Es gibt kaum etwas Schwierigeres auf der Welt, als Pferde bei Feuer oder Hochwasser aus einem Stall zu bringen. Warum sie sich in solchen Fällen so sperren, weiß ich nicht. Jedenfalls ist kaum eins unter zwanzig zu bewegen herauszukommen."

Wir blieben ein paar Tage an diesem Ort und kehrten dann nach Hause zurück. Auf der Heimreise ging alles gut. Wir waren froh, wieder in unserem eigenen Stall zu sein, und John freute sich auch, uns wieder zu sehen.

Bevor er und James an diesem Abend den Stall verließen, bemerkte James: „Ich bin gespannt, wer mein Nachfolger wird."

„Joe Green aus dem Pförtnerhaus", sagte John.

„Der kleine Joe? Aber der ist doch noch ein Kind!“
„Er ist vierzehneinhalb“, entgegnete John.
„Aber er ist doch so ein kleiner Kerl!“
„Ja, klein ist er, aber flink und willig und auch gutherzig. Außerdem mag er Pferde, und sein Vater würde es gern sehen, wenn er zu uns kommen dürfte. Unser Herr möchte ihm helfen, das weiß ich. Er hat die Sache mit mir besprochen und meinte, er würde sich natürlich nach einem größeren Jungen umsehen, wenn ich den kleinen Green nicht für geeignet hielte. Ich habe ihm gesagt, wir könnten es ja erst einmal sechs Wochen mit Joe versuchen.“
„Du meine Güte, sechs Wochen!“, rief James. „Es wird doch mindestens sechs Monate dauern, bis er wirklich eine Hilfe ist. Das wird dir eine Menge Arbeit machen, John.“
„Das macht nichts“, sagte John lachend. „Ich und die Arbeit, wir sind gut Freund miteinander. Ich habe mich noch nie vor der Arbeit gefürchtet.“
„Alle Achtung“, meinte James. „Ich hoffe, ich werde auch einmal so wie du.“
„Ich spreche nicht oft von mir“, erwiderte John, „aber weil du jetzt in die Welt hinausziehst, um auf eigenen Füßen zu stehen, will ich dir doch einmal erzählen, wie ich die Dinge sehe.
Ich war gerade so alt wie Joseph Green, als mein Vater und meine Mutter innerhalb von zehn Tagen am Typhus starben und mich und meine gelähmte Schwester allein auf der Welt zurückließen, ohne einen Verwandten, an den wir uns um Hilfe wenden konnten. Ich war ein Bau-

ernjunge und konnte nicht genug verdienen, um mich selbst zu erhalten, geschweige denn uns beide. Nelly hätte ins Armenhaus gehen müssen, wenn unsere Herrin nicht gewesen wäre. Nelly nennt sie ihren Schutzengel – und mit gutem Recht. Frau Gordon mietete bei der alten Witwe Mallet ein Zimmer für sie und gab ihr Strick- und Näharbeiten, wenn Nelly arbeiten konnte; und wenn sie krank war, schickte die Herrin ihr Essen und viele schöne, nützliche Sachen. Sie war wie eine Mutter zu Nelly. Mir gab Herr Gordon einen Posten im Stall unter dem alten Norman, der damals hier Kutscher war. Ich bekam mein Essen im Haus, mein Bett auf dem Boden, einen Anzug und drei Schilling in der Woche; damit konnte ich Nelly etwas unterstützen.

Natürlich hätte der gute Norman damals auch sagen können, er wolle sich in seinem Alter nicht mit einem unerfahrenen Bauernjungen abplagen. Aber nein! Er behandelte mich wie ein Vater und gab sich unendliche Mühe mit mir. Als der alte Mann ein paar Jahre später starb, trat ich an seine Stelle. Auf diese Weise habe ich etwas gelernt and verdiene genug, um für schlechte oder gute Zeiten etwas zurückzulegen, wie es kommen mag, und meine Schwester braucht sich nicht zu sorgen.

Du siehst also, James, dass es mir nicht gut anstünde, wenn ich über einen kleinen Jungen die Nase rümpfen und meinen gnädigen Herrn enttäuschen würde. Nein, nein! Ich werde dich zwar sehr vermissen, James, aber wir müssen darüber hinwegkommen. Es gibt nichts Besseres, als jemandem einen Gefallen zu erweisen, wenn

man die Gelegenheit dazu hat, und ich bin froh, dass ich das tun kann."
„Du hältst also nichts von der Redensart: Jeder ist sich selbst der Nächste?", fragte James.
„Nein, wahrhaftig nicht", gab John zurück. „Wo wären wir denn hingekommen, Nelly und ich, wenn unser Herr und die Herrin und der alte Norman sich nur um sich selbst gekümmert hätten? Sie wäre im Armenhaus gelandet, und ich hätte Rüben gehackt und vor Hunger keinen Schlaf gefunden! Wo wären Black Beauty und Ginger geblieben, wenn du neulich bei dem Feuer nur an dich selbst gedacht hättest? Verbrannt wären sie! Nein, James, nein! Das Sprichwort ‚Jeder ist sich selbst der Nächste' ist eine selbstsüchtige, barbarische Redensart. Das ist meine Meinung", schloss John und warf seinen Kopf mit einem Ruck in den Nacken.
James lachte über Johns Empörung. Aber seine Stimme klang belegt, als er sagte: „Du bist außer meiner Mutter mein bester Freund, John. Ich hoffe, du wirst mich nicht vergessen."
„Nein, mein Junge, ich vergesse dich nicht", versicherte John. „Und wenn du mich einmal brauchen solltest, wirst du es mich hoffentlich wissen lassen."
Am nächsten Tag kam Joe in den Stall. Er sollte schon so viel wie möglich lernen, ehe James abreiste. James zeigte ihm, wie er ausmisten und Heu und Stroh hereinbringen musste. Er half beim Putzen der Geschirre und beim Wagenwaschen. Da er zu klein war, um Ginger oder mich zu striegeln, übte James es mit ihm an Merrylegs, denn für

ihn sollte Joe – natürlich unter Johns Aufsicht – bald die volle Verantwortung übernehmen.
Joe war ein netter, gescheiter Junge, der ständig bei seiner Arbeit pfiff. Merrylegs war allerdings zu Anfang ziemlich verstimmt darüber, „von einem Jungen, der keine Ahnung hat, herumgeschubst zu werden“, wie er sich ausdrückte. Aber gegen Ende der zweiten Woche teilte er mir im Vertrauen mit, er glaube, Joe werde sich mit der Zeit gut entwickeln.
Schließlich kam der Tag, an dem James uns verlassen musste. An diesem Morgen sah der sonst so fröhliche Bursche recht niedergeschlagen aus.
„Weißt du, John“, sagte er, „ich lasse viel zurück: meine Mutter und Betsy, dich, einen guten Herrn und eine gute Herrin, und außerdem die Pferde – besonders meinen alten Merrylegs. Auf der neuen Stelle kenne ich keine Seele. Wenn ich dort nicht einen besseren Posten bekäme und dadurch meine Mutter mehr unterstützen könnte, hätte ich mich wohl nicht dazu entschlossen. Dass ich von hier wegmuss, kommt mich wirklich schwer an, John.“
„Ja, James, das glaube ich gern“, erwiderte John. „Aber Kopf hoch, mein Junge! An deinem neuen Platz wirst du bestimmt Freunde gewinnen. Und wenn du deinen Weg machst – und das tust du bestimmt –, kann deine Mutter stolz auf dich sein.“
So sprach John ihm Mut zu. Aber wir waren doch alle traurig, dass wir James verloren. Merrylegs jammerte mehrere Tage lang um ihn und konnte nicht mehr fressen. Deshalb führte John, wenn er morgens auf mir aus-

ritt, ihn an der Longe mit. Das Traben und Galoppieren an meiner Seite versetzte das kleine Pony wieder in bessere Laune. Allmählich kehrte sein Appetit zurück, und bald war er wieder der Alte.

Joes Vater, der sich auf die Arbeit mit Pferden verstand, kam oft zu uns und half ein bisschen. Joe gab sich große Mühe zu lernen, und John hatte den Eindruck, dass sich der neue Stallbursche gut einarbeiten würde.

Der Doktor soll kommen

Als ich kurze Zeit nach James' Abreise eines Nachts fest schlafend auf meiner Streu lag, läutete die Stallglocke plötzlich Sturm. Ich wachte auf und hörte, wie die Tür vom Kutscherhaus aufgemacht wurde und John zum Herrenhaus hinaufrannte. Im Nu war er zurück. Er schloss die Stalltür auf, kam herein und rief mir zu: „Wach auf, Beauty! Jetzt musst du zeigen, was du kannst."

Ehe ich michs versah, hatte er mich gesattelt und aufgezäumt. Dann holte er nur schnell seinen Mantel und führte mich in raschem Trab vor die Tür des Gutshauses. Dort stand unser Herr mit einer Laterne in der Hand.

„Nun reit um dein Leben, John – das heißt, um das Leben deiner Herrin. Es ist kein Augenblick zu verlieren. Gib Doktor White diesen Zettel, lass Beauty im Gasthof ausruhen, und komm so schnell zurück, wie du nur kannst."

„Jawohl, Herr", erwiderte John und schwang sich auf meinen Rücken. Der Gärtner, der im Pförtnerhaus wohnte, hatte die Stallglocke läuten hören und schon das Tor aufgemacht. Schnell ging es durch die Allee und das Dorf und den Hügel hinab, bis zur Zollschranke. John rief laut und pochte gegen die Tür. „Lass gleich für den Doktor offen“, sagte er, als der Zöllner herauskam und die Schranke aufmachte. Dann reichte er ihm das Wegegeld, und weiter ging’s. Vor uns lag eine lange, ebene Landstraße, die sich am Fluss entlangzog. John sagte wieder zu mir: „Nun, Beauty, zeig, was du kannst.“

Das tat ich auch. Ich brauchte keine Peitsche und keine Sporen. Zwei Meilen weit galoppierte ich so schnell, wie ich meine Füße auf den Boden setzen konnte. Mein Großvater, der das Rennen von Newmarket gewonnen hat, hätte sicher nicht schneller laufen können.

Als wir an der Brücke ankamen, zog John die Zügel leicht an und klopfte meinen Hals. „Gut gemacht, Beauty, alter Junge“, lobte er.

Er hätte mich jetzt langsamer gehen lassen, aber ich war in Hochstimmung und galoppierte im selben Tempo wie vorher weiter. Bei der frostigen Luft und dem hellen Mondschein war es angenehm zu laufen. Wir kamen wieder durch ein Dorf, dann durch einen dunklen Wald. Anschließend ging es bergauf, dann bergab. Nach einem Galopp von acht Meilen trafen wir in der Stadt ein. Wir jagten durch die Straßen auf den Marktplatz. Alles war totenstill, bis auf das Klappern meiner Hufe auf den Pflastersteinen. Alle Menschen und Tiere schliefen.

Die Kirchenuhr schlug drei, als wir vor Doktor Whites Haustür hielten. John läutete zweimal und klopfte dann stürmisch gegen die Tür.

Ein Fenster wurde aufgestoßen, und Doktor White, der seine Nachtmütze aufhatte, steckte den Kopf heraus und fragte: „Was wünschen Sie?“

„Frau Gordon ist schwer krank, Herr Doktor. Mein Herr

bittet Sie um Ihren Besuch. Er glaubt, sie muss sterben, wenn Sie nicht sofort zu ihr reiten. Hier ist ein Brief."
„Einen Augenblick", sagte der Arzt. „Ich komme gleich."
Kurze Zeit später kam er heraus. „Das Dumme ist nur, dass mein Pferd den ganzen Tag unterwegs war und ziemlich erschöpft ist", erklärte er. „Mein Sohn ist gerade gerufen worden; er hat das andere, frischere Pferd genommen. Was sollen wir tun? Können Sie mir Ihren Rappen borgen?"
„Black Beauty hat fast den ganzen Weg hierher im Galopp genommen, Herr Doktor, und ich sollte ihn eigentlich eine Weile ausruhen lassen. Aber ich glaube, mein Herr hätte nichts dagegen, wenn es nicht anders geht und Sie es für richtig halten."
„Also machen wir's so", entschied der Doktor. „In ein paar Minuten kann es losgehen."
Während der Arzt ins Haus ging und sich fertig machte, blieb John bei mir stehen und streichelte meinen Hals. Ich schwitzte sehr. Als Doktor White wiederkam, hatte er eine Reitpeitsche in der Hand.
„Die brauchen Sie nicht mitzunehmen, Herr Doktor", sagte John. „Black Beauty läuft, bis er zusammenbricht. Geben Sie bitte gut auf ihn Acht, Herr Doktor. Ich möchte nicht, dass ihm etwas zustößt."
„Ich werde schon aufpassen", beruhigte ihn der Doktor und saß auf. Binnen einer Minute hatten wir John weit hinter uns gelassen.
Doktor White war schwerer als John und kein so guter Reiter. Trotzdem tat ich auch auf dem Rückweg mein Bestes. Der Zöllner hatte die Schranke offen gelassen.

Als wir an den Hügel kamen, zog der Doktor die Zügel an und sagte: „So, jetzt verschnauf dich erst ein bisschen, mein Guter!“ Darüber war ich froh, denn ich war fast am Ende meiner Kräfte. Die kleine Pause tat mir wohl. Danach galoppierte ich mit frischem Mut weiter, und bald waren wir auf dem Gutshof.
Joe stand am Tor, mein Herr an der Haustür; er hatte uns schon kommen hören. Er sprach kein Wort. Der Arzt ging mit ihm ins Haus, und Joe führte mich in den Stall.
Wie froh war ich, wieder zu Hause zu sein! Ich war restlos ausgepumpt. Keuchend, mit zittrigen Beinen stand ich in der Box. Ich hatte kein trockenes Haar am Leib, das Wasser rann mir an den Beinen herunter, und ich dampfte am ganzen Körper „wie ein Kochtopf auf dem Feuer“, wie Joe immer sagte.
Joe musste mich allein versorgen, denn John war ja noch nicht zurück, und unser Herr hatte Vater Green ins nächste Dorf geschickt. Der arme kleine Joe! Er tat bestimmt, was er konnte, aber er hatte eben noch keine Erfahrung. Sorgfältig rieb er mir Beine und Brust ab, aber er legte keine warme Decke über mich. Er glaubte wohl, das wäre mir lästig, weil ich so erhitzt war. Dann gab er mir kaltes Wasser zu trinken. Das schmeckte herrlich; ich trank den ganzen Eimer leer. Nachdem er dann noch Korn in meine Krippe und Heu in die Raufe gefüllt hatte, ließ er mich allein. Ganz gewiss dachte er, er hätte alles richtig gemacht.
Nach kurzer Zeit bekam ich Schüttelfrost. Es wurde mir eisig kalt, Beine, Brust und Lenden schmerzten, und der ganze Körper tat mir weh. Oh, wie vermisste ich meine

dicke, warme Decke! Wie sehnte ich mich nach John, der inzwischen acht Meilen zu Fuß wandern musste! Zitternd legte ich mich auf meine Streu und versuchte einzuschlafen.

Sehr viel später hörte ich John an der Tür. Ich stöhnte leise, denn ich hatte starke Schmerzen.

Sofort war er an meiner Seite und kniete sich neben mich. Ich konnte ihm nicht sagen, wie ich mich fühlte. Aber er schien alles zu wissen. Er deckte zwei oder drei warme Tücher über mich und lief dann ins Haus, um heißes Wasser zu holen. Damit bereitete er mir warmen Haferschleim. Den trank ich und schlief dann wohl ein.

Als ich wieder wach wurde, merkte ich, dass John sehr aufgebracht war. Er sprach mit sich selbst, und ich hörte ihn immer und immer wieder sagen: „Wie konnte er nur, wie konnte er nur, der dumme Junge! Dem armen Beauty keine Decke überzulegen und ihn in diesem Zustand mit kaltem Wasser zu tränken! Kinder sind eben doch zu nichts nütze."

Ich hatte jetzt Lungenentzündung und konnte nur unter stechenden Schmerzen atmen. John pflegte mich die ganze Zeit unermüdlich. Auch mein Herr kam mich oft besuchen. „Nun musst du so leiden, mein armes Pferdchen", sagte er einmal. „Wenn du nicht so schnell gelaufen wärst, hätte deine Herrin sterben müssen. Du hast ihr das Leben gerettet."

Über dieses Lob freute ich mich natürlich sehr.

Nicht mit Absicht

Ich weiß nicht, wie lange ich krank war. Herr Bond, der Pferdedoktor, kam jeden Tag. Einmal ließ er mich zur Ader. John hielt den Eimer, in den mein Blut floss. Danach fühlte ich mich sehr schwach. Ich dachte, ich würde sterben, und ich glaube, alle dachten das Gleiche.

Ginger und Merrylegs waren in einen anderen Stall gebracht worden, damit ich ungestört blieb. Ich brauchte nämlich jetzt viel Ruhe. Durch das Fieber war ich sehr hellhörig geworden: Das leiseste Geräusch erschien mir unerträglich laut, und ich erkannte den Schritt jedes Einzelnen, der aus dem Haus kam und das Haus betrat.

Eines Nachts musste John mir eine Dosis Medizin einflößen. Thomas Green half ihm dabei. Nachdem ich meinen Saft genommen und John es mir so behaglich wie möglich gemacht hatte, sagte er, er wolle noch eine halbe Stunde bei mir bleiben, um zu sehen, wie mir die Medizin bekomme. Thomas erklärte, er würde mit ihm zusammen wachen. Sie setzten sich also auf eine Bank, die in Merrylegs Box gebracht worden war, und stellten die Laterne auf den Fußboden, damit ich durch das Licht nicht gestört würde.

Eine Weile saßen die beiden Männer schweigend da.

Dann sagte Tom Green mit leiser Stimme: „Ich wollte, du würdest Joe mal ein freundliches Wort gönnen, John. Der Junge ist ganz niedergedrückt. Er isst nicht mehr und kann nicht mal mehr lächeln. Er sagt: ‚Es ist ganz allein meine Schuld, dass Black Beauty jetzt so krank ist. Wenn er stirbt, guckt mich niemand mehr an'. Es geht mir ans Herz, wenn ich ihn so reden höre. Er hat ja an dem Abend sein Bestes getan, um Beauty zu versorgen. Dass er es verkehrt angefangen hat, geschah nicht mit Absicht. Er wusste es eben nicht besser. Könntest du nicht mal mit ihm reden? Er ist wirklich kein schlechter Junge."

Nach einer kurzen Pause erwiderte John langsam: „Du musst mich verstehen, Tom. Ich weiß, dass Joe nichts Böses tun wollte – das habe ich auch nie behauptet. Natürlich ist er kein schlechter Junge. Aber siehst du, die Sache hat mich selbst schwer getroffen. Dieses Pferd ist mein ganzer Stolz, abgesehen davon, dass es der Liebling unseres Herrn und der Herrin ist. Deshalb kann ich mich schwer damit abfinden, dass durch Joes Unachtsamkeit sein Leben aufs Spiel gesetzt worden ist. Aber wenn du meinst, ich sei zu hart zu dem Jungen, dann will ich versuchen, mich zu überwinden, und morgen mit ihm reden – das heißt, wenn es Beauty besser geht."

„Vielen Dank, John. Ich habe mir schon gedacht, dass du nicht absichtlich in den letzten Wochen so hart zu ihm warst. Er hat ja nur aus Unwissenheit etwas Falsches getan. Ich bin froh, dass du das einsiehst."

Ich schreckte hoch, als John mit ungewöhnlicher Heftigkeit antwortete: „Nur aus Unwissenheit! Wie kannst du bloß so reden? Weißt du nicht, dass Unwissenheit nächst Gottlosigkeit das Schlimmste auf der Welt ist? Gott allein weiß, welches von beiden das meiste Unheil anrichtet. Wenn die Leute sagen können: ‚Oh, das wusste ich gar nicht. Ich habe es nicht bös gemeint', denken sie, alles sei in Ordnung. Sicher wollte Martha Mulwash das Baby nicht töten, als sie ihm eine viel zu große Dosis von dem Beruhigungsmittel gab. Aber es starb eben davon, und sie wurde wegen Totschlag angeklagt."

„Das geschah ihr ganz recht", meinte Tom. „Eine Frau, die nicht weiß, was für ein zartes kleines Kind gut ist und was nicht, sollte nicht seine Pflege übernehmen."

„Bill Starkey", fuhr John fort, „hatte bestimmt nicht die Absicht, seinen Bruder so zu erschrecken, dass er Anfälle bekam, als er sich als Gespenst verkleidete und im Mondlicht hinter ihm herrannte. Und doch hat er es getan, und dieser hübsche, gescheite kleine Kerl, der Stolz seiner Mutter, ist heute weiter nichts als ein armer Idiot und wird es bleiben, selbst wenn er achtzig Jahre alt wird.

Und weißt du noch, wie entsetzt du selber vor zwei Wochen warst, als diese jungen Damen dein Gewächshaus offen ließen und ein eisiger Wind hineinblies? Hast du nicht gesagt, ziemlich viele von deinen Pflanzen seien eingegangen?"

„Ziemlich viele?", wiederholte Tom, immer noch zornig in der Erinnerung an die Unachtsamkeit der jungen Mädchen. „Nicht einer der zarten Stecklinge wurde verschont! Ich werde alles neu setzen müssen, und das Schlimmste ist, dass ich nicht weiß, wo ich neue herkrie-

gen soll. Ich bin fast wahnsinnig geworden, als ich die Bescherung sah."
„Und dabei haben die jungen Damen das gewiss nicht mit Absicht getan. Es war nur Unwissenheit!", entgegnete John.
Ich hörte nichts weiter von dieser Unterhaltung, denn inzwischen hatte die Medizin gewirkt, und ich schlief ein. Am nächsten Morgen fühlte ich mich besser. An Johns Worte aber musste ich noch oft denken, als ich mehr von der Welt kennen lernte.

Joe Green

Joe Green machte gute Fortschritte. Er lernte schnell, passte gut auf und machte seine Arbeit so sorgfältig, dass John ihm allmählich Aufgaben überließ, die er selbstständig erledigen konnte. Nur Ginger und mich durfte er selten bewegen, weil er so klein war.
Aber eines Morgens – John war gerade mit dem Kastenwagen unterwegs – ordnete der Gutsherr an, dass Joe mich satteln und mit einer eiligen Nachricht zu einem Bekannten reiten solle, der etwa drei Meilen von Birtwick entfernt wohnte. „Sei recht vorsichtig!“, mahnte Herr Gordon, bevor wir aufbrachen.
Joe erledigte seinen Auftrag, und wir kehrten in aller Ruhe zurück. An der Ziegelei sahen wir einen schwer mit Ziegeln beladenen Karren, dessen Räder tiefe Furchen in den Lehmboden gegraben hatten. Der Karren steckte fest, und der Fuhrmann schrie und hieb unbarmherzig auf die beiden Pferde ein. Es war ein trauriger Anblick. Die armen Tiere nahmen all ihre Kraft zusammen und bemühten sich verzweifelt, den Wagen aus dem Lehm zu ziehen, aber der rührte sich nicht. Während der Schweiß in Strömen von ihren Beinen floss, ihre Flanken sich fieberhaft hoben und senkten und jeder ihrer Muskeln

angespannt war, zerrte der Mann wild an dem Kopf des Vorderpferdes, stieß grobe Flüche aus und peitschte drauflos.
„Prügeln Sie doch die Pferde nicht so, Mann!", rief Joe zornig und hielt an. „Sehen Sie denn nicht, dass die Räder so festsitzen, dass die armen Tiere den Karren nicht bewegen können?"
Der Fuhrmann beachtete ihn gar nicht, sondern peitschte weiter.
„Halt! Hören Sie doch auf, bitte, hören Sie auf!", bat Joe. „Ich will Ihnen helfen, den Wagen abzuladen. Die Pferde können ihn bestimmt nicht herausziehen, solange die Ziegelsteine draufliegen."
„Kümmere du dich um deine eigenen Angelegenheiten, du unverschämter Grünschnabel!", brüllte der Mann, der anscheinend halb betrunken war, und schwang von neuem seine Peitsche.
Da ließ Joe mich wenden, und im nächsten Augenblick lief ich im gestreckten Galopp auf das Haus des Ziegeleibesitzers zu. Ich glaube kaum, dass John mit dieser Gangart einverstanden gewesen wäre, aber Joe und ich waren uns einig. Wir waren beide so ärgerlich, dass er nicht langsamer reiten und ich nicht langsamer gehen wollte.
Das Haus stand nahe an der Straße. Joe klopfte an die Tür und rief: „Hallo, ist Herr Clay zu Hause?"
Die Tür wurde geöffnet, und Herr Clay kam heraus.
„Hallo, junger Mann! Du hast es wohl sehr eilig, wie? Braucht der Gutsherr heute Morgen etwas?"
„Nein, Herr Clay, ich komme heute nicht in Herrn Gor-

dons Auftrag. Ich bin zufällig an Ihrer Ziegelei vorbeigeritten. Dort peitscht einer von Ihren Männern zwei Pferde zu Tode. Ich habe ihm gesagt, er solle das lassen, aber er hörte nicht darauf. Dann habe ich ihm angeboten, ihm beim Abladen des Karrens zu helfen, aber darauf ging er auch nicht ein. Deshalb komme ich hierher. Gehen Sie doch bitte hin und bringen Sie ihn dazu, dass er die armen Tiere in Ruhe lässt." Joes Stimme zitterte vor Erregung.

„Vielen Dank, mein Junge", erwiderte der Ziegelbrenner und lief ins Haus, um seinen Hut zu holen. Bevor er wegging, blieb er noch einen Augenblick bei uns stehen und fragte Joe: „Bist du bereit zu bezeugen, was du gesehen hast, falls ich den Burschen vor Gericht bringe?"

„Das will ich gern tun", antwortete Joe.

Der Mann verschwand, und wir machten uns in flottem Trab auf den Heimweg.

„Nanu, was ist denn mit dir los, Joe? Du siehst ja so wütend aus", wunderte sich John, als sich der Junge aus dem Sattel schwang.

„Ich bin auch so wütend, das kann ich Ihnen sagen", gab Joe zurück und berichtete seinem Lehrmeister aufgeregt von dem Vorfall. Der sonst so ruhige, liebe Junge war ganz außer sich.

„Gut gemacht, Joe!", lobte John, als der Stallbursche seinen Bericht beendet hatte. „Da hast du ganz recht gehandelt. Viele Leute an deiner Stelle wären einfach weitergeritten und hätten gesagt: ‚Was geht es mich an? Warum sollte ich mich da einmischen?' Nach meiner Meinung ist jeder, der zufällig Zeuge von Grausamkeit

und Unterdrückung wird, verpflichtet, sich einzumischen."
Joe freute sich und war stolz über Johns Lob. Als er mir danach die Hufe auskratzte und mich striegelte, war seine Hand fester als gewöhnlich.
Die beiden wollten gerade zum Mittagessen gehen, da kam der Diener in den Stall herunter und richtete aus, Joe möchte sofort in Herrn Gordons Arbeitszimmer kommen. Ein Mann sei wegen Misshandlung von Pferden angeklagt worden, und Joes Aussage werde gewünscht.
Joe wurde über und über rot, und seine Augen funkelten. „Meine Aussage sollen sie haben", erklärte er.
„Bring dich aber erst ein bisschen in Ordnung", mahnte ihn John.
Joe rückte schnell seine Krawatte zurecht und zupfte an seinem Jackett; dann rannte er zum Gutshaus hinauf. Da unser Herr einer der Friedensrichter der Grafschaft war, wurden oft Fälle vor ihn gebracht, die er regeln sollte.
Als Joe wieder in den Stall kam, sah ich, dass er in bester Laune war. Er gab mir einen zärtlichen Klaps und sagte: „Solche Dinge wollen wir nicht dulden, nicht wahr, mein Beauty?"
Später hörten wir, dass auf Grund seiner klaren Aussage und weil die Pferde vollständig erschöpft waren und Zeichen brutaler Behandlung trugen, der Fuhrmann wahrscheinlich zu zwei oder drei Monaten Gefängnis verurteilt würde.
Seit diesem Vorfall war Joe ganz verändert. John lachte und meinte, der kleine Bursche sei in dieser Woche ein

paar Zentimeter größer geworden, und ich glaube, er hatte Recht. Joe blieb genauso freundlich und nett wie er vorher gewesen war; aber er war jetzt zielbewusster und entschiedener geworden. Es schien, als sei er auf einmal kein Kind mehr, sondern ein erwachsener Mann.

Der Abschied

Drei glückliche Jahre hatte ich auf dem Gut Birtwick Park verlebt, als traurige Ereignisse über uns hereinbrachen.

Unsere Herrin war krank. Der Doktor kam oft ins Haus, und der Gutsherr zeigte eine ernste, bekümmerte Miene. Eines Tages erfuhren wir, dass Frau Gordon die Heimat verlassen und drei Jahre lang in einem warmen Land leben müsse.

Diese Nachricht überfiel alle Angehörigen des Gutshaushaltes wie das Läuten einer Totenglocke. Jeder machte sich Sorgen. Unser Herr fing sofort an, die Auflösung der Wirtschaft und die Abreise der ganzen Familie aus England vorzubereiten.

John ging schweigend und traurig seinen Pflichten nach, und Joe hörten wir kaum mehr pfeifen. In diesen Wochen gab es für alle viel Arbeit; auch Ginger und ich hatten viel zu tun.

Die ersten Mitglieder der Familie, die abreisten, waren Jessie und Flora mit ihrer Erzieherin. Als sie sich von uns verabschiedeten, umarmten sie besonders zärtlich ihren alten Freund, den armen Merrylegs.

Bald darauf erfuhren wir, was mit uns geschehen sollte. Unser Herr hatte Ginger und mich an seinen Freund, den

Grafen Westfield, verkauft, bei dem wir es, wie er glaubte, gut haben würden. Herr Blomefield, der Pfarrer von Birtwick, brauchte für seine Frau ein Pony. Ihm wollte der Gutsherr Merrylegs überlassen – unter der Bedingung, dass er ihn nie verkaufte. Wenn Merrylegs später nicht mehr arbeitsfähig wäre, sollte er erschossen und beerdigt werden.

Joe wurde beauftragt, Merrylegs zu pflegen und im Haus des Pfarrers zu helfen. John wurden mehrere gute Stellungen in seinem Beruf angeboten, aber er sagte, er wolle noch eine Weile warten und sich umsehen.

Am Abend vor Herrn und Frau Gordons Abreise kam der Gutsherr in den Stall, um einige Anweisungen zu erteilen und seine Pferde ein letztes Mal zu streicheln. An seiner Stimme erkannte ich, dass er sehr betrübt war. Ich glaube, wir Pferde fühlen so etwas viel deutlicher als viele Menschen.

„Hast du schon entschieden, was du tun wirst, John?", erkundigte er sich. „Wie ich höre, hast du keins von den Angeboten angenommen."

„Das stimmt, Herr. Ich habe mir nämlich überlegt, dass ich mich lieber um einen Posten bei einem erstklassigen Fohlenbereiter und Trainer bewerben sollte. Ich glaube, das wäre das Richtige für mich. Viele Jungpferde werden durch falsche Behandlung erschreckt und verdorben. Das geschieht nicht, wenn ein erfahrener Mann sie in die Hand nimmt. Ich bin immer gut mit Pferden ausgekommen. Wenn ich einigen von ihnen zu einem anständigen Start verhelfen könnte, hätte ich das Gefühl, etwas Gutes zu tun. Was halten Sie davon, Herr?"

„Ich kenne weit und breit keinen Mann, der dafür so geeignet wäre wie du“, erwiderte Herr Gordon. „Du verstehst die Pferde, und irgendwie verstehen die Pferde dich. Mit der Zeit gelingt es dir vielleicht, dich selbstständig zu machen. Etwas Besseres kannst du gar nicht tun. Wenn ich dir in irgendeiner Weise behilflich sein kann, schreib es mir. Ich werde mit meinem Londoner Agenten sprechen und dein Zeugnis bei ihm hinterlegen.“
Er gab John Namen und Adresse des Agenten und dankte ihm dann für seine langjährigen Dienste. Doch das war zu viel für John.
„Bitte nicht, Herr, ich kann das nicht ertragen! Sie und meine liebe Herrin haben so viel für mich getan, dass ich es nie zurückzahlen kann. Aber meine Familie und ich werden Sie nie vergessen. Gebe Gott, dass wir die Herrin eines Tages gesund wieder sehen. Wir dürfen die Hoffnung nicht aufgeben, Herr Gordon.“
Wortlos schüttelte der Gutsherr John die Hand. Dann verließen sie beide den Stall.
Der letzte traurige Tag brach an. Tags zuvor war der Diener mit dem schweren Gepäck abgereist, und nur noch der Herr, die Herrin und ihr Zimmermädchen waren da. Zum letzten Mal zogen Ginger und ich den Wagen zum Herrenhaus hinauf. Die Dienstboten brachten Kissen und Wolldecken und viele andere Sachen heraus, und als alles eingeladen war, kam der Herr die Stufen herunter. Er trug seine Frau auf den Armen und setzte sie behutsam in den Wagen. Um ihn herum standen weinend die Hausangestellten.
„Nochmals euch allen auf Wiedersehen“, sagte er. „Wir

werden keinen von euch vergessen.“ Er stieg ein. „Nun fahr zu, John.“
Joe sprang auf, und wir trabten langsam durch den Park und durchs Dorf. Überall standen die Leute vor den Türen, um Herrn und Frau Gordon noch einmal zu sehen und ihnen ein „Gott segne Sie“ zuzurufen.
Als wir am Bahnhof anlangten, stieg die Herrin aus dem Wagen und schritt in den Warteraum. Ich hörte sie mit ihrer sanften Stimme sagen: „Auf Wiedersehen, John. Gott segne dich.“
Ich spürte einen Ruck am Zügel, aber John antwortete nicht. Sicher konnte er nicht sprechen.
Sobald Joe die Sachen ausgeladen hatte, rief John ihm zu, er solle bei den Pferden bleiben, während er selbst auf den Bahnsteig ging. Der arme Joe! Er stellte sich dicht neben unsere Köpfe, um seine Tränen zu verbergen.
Bald rollte der Zug schnaufend in den Bahnhof. Zwei oder drei Minuten später wurden die Türen zugeschlagen. Ein Pfiff, und der Zug glitt davon, eine weiße Rauchfahne zurücklassend.
Erst als er ganz außer Sicht war, trat John zu uns. „Die Herrin werden wir nie wieder sehen“, sagte er traurig. „Nie wieder.“
Dann nahm er die Zügel auf, stieg auf den Kutschbock und fuhr mit Joe langsam zum Gutshof, der nun nicht mehr unser Heim war.

Zweiter Teil

Wenn die Frau Gräfin befiehlt

Am nächsten Morgen nach dem Frühstück schirrte Joe Merrylegs an die niedrige Chaise der Herrin, um mit ihr zur Pfarrei zu fahren. Er kam noch einmal in den Stall und verabschiedete sich von uns, und Merrylegs wieherte uns vom Hof aus zu.

Dann legte John Ginger den Sattel auf, nahm mich an die Longe und ritt querfeldein etwa fünfzehn Meilen weit nach Earlshall Park, wo Lord Westfield wohnte.

Earlshall hatte ein sehr vornehmes Herrenhaus und eine Menge Stallungen. Wir gingen durch einen gepflasterten Torweg auf den Hof, und John fragte nach Herrn York, dem Stallmeister.

Dieser Mann, der auch unser neuer Kutscher werden sollte, war ein stattlicher Herr in mittleren Jahren, dessen Stimme man anhörte, dass er gewohnt war, Befehle zu erteilen und sich Gehorsam zu verschaffen. John gegenüber gab er sich sehr freundlich und höflich. Nachdem er einen flüchtigen Blick auf uns geworfen hatte, rief er einen Stallknecht, der uns zu unseren Boxen führen sollte, und lud John zu einer Erfrischung ein.

Wir wurden in einen hellen, luftigen Stall geführt und bekamen zwei nebeneinander liegende Boxen zugewiesen.

Dort wurden wir gestriegelt und gefüttert. Eine Weile später sahen Herr York und John nach uns.
„Ich kann an Ihren Tieren keinen Fehler entdecken, Herr Manly“, erklärte York, nachdem er Ginger und mich eingehend gemustert hatte. „Aber wir wissen ja alle, dass Pferde ebenso wie Menschen ihre Eigenarten haben und dass sie unterschiedlich behandelt werden müssen. Deshalb würde ich gern etwas über ihre Eigenheiten wissen.“
„Ich glaube“, erwiderte John, „Sie werden kaum ein besseres Gespann in der Umgegend finden als dieses, und ich bedauere es sehr, dass ich mich von ihnen trennen muss. Die beiden sind allerdings recht verschieden. Der Rappe hat den besten Charakter, den ich je kennen gelernt habe. Ich glaube, er hat in seinem Leben nie ein hartes Wort gehört oder einen Hieb bekommen. Es sieht so aus, als gäbe es für ihn kein größeres Vergnügen, als alles das zu tun, was man von ihm wünscht. Die Fuchsstute dagegen ist in ihrer Jugend schlecht behandelt worden, wie uns der Händler sagte. Als sie zu uns kam, war sie bissig und misstrauisch. Dann merkte sie, wie es bei uns zuging, und da verlor sich das allmählich. Seit drei Jahren habe ich nie mehr das geringste Zeichen von Heftigkeit an ihr beobachtet. Wenn man liebevoll mit ihr umgeht, gibt es kein willigeres Tier als sie. Aber sie ist natürlich reizbarer als der Rappe. Fliegen stören sie mehr; sie regt sich mehr als Black Beauty auf, wenn mit dem Geschirr etwas nicht stimmt. Und sollte sie ungerecht behandelt oder sogar misshandelt werden, so würde sie sicherlich Gleiches mit Gleichem vergelten. Sie wissen ja, das tun alle feurigen Pferde.“

„Natürlich", erwiderte York, „ich verstehe vollkommen. Aber wissen Sie, in so großen Ställen wie unseren sind leider nicht alle Pferdeknechte so, wie sie sein sollten und man sie sich wünscht. Ich überwache meine Leute, so weit und so gut es mir möglich ist. Damit muss ich mich begnügen. An das, was Sie mir über die Stute gesagt haben, werde ich jedenfalls denken."

Bevor die beiden Männer den Stall verließen, blieb John noch einmal stehen und sagte: „Eins möchte ich noch erwähnen. Keins der beiden Pferde hat bei uns jemals einen Aufsatzzügel getragen. Der Rappe hat ihn nie kennen gelernt, und Ginger soll durch das Knebelgebiss im Maul verdorben worden sein, wie der Händler sagte."

„Nun, hier müssen sie leider Aufsatzzügel tragen", entgegnete York. „Ich selbst bin nicht dafür, und der Graf ist immer sehr vernünftig in allem, was Pferde angeht. Aber die Gräfin, die denkt da ganz anders. Für sie ist die Hauptsache der ‚Stil'. Wenn ihre Kutschpferde nicht fest gezügelt sind, guckt sie sie nicht an. Ich spreche mich immer gegen den Aufsatzzügel und die scharfen Gebisse aus und werde es auch weiter tun; aber wenn die Gräfin ausfährt, verlangt sie, dass die Pferde den Kopf hoch tragen."

„Das ist schade, sehr schade", sagte John. „Aber nun muss ich gehen, sonst versäume ich meinen Zug."

Er trat noch einmal zu Ginger und zu mir, sprach mit jedem von uns und streichelte uns zum letzten Mal. Seine Stimme klang tieftraurig. Ich schmiegte mein Gesicht an ihn – das war alles, was ich tun konnte, um ihm Lebewohl zu sagen. Dann ging er fort, und ich habe ihn seither nie mehr gesehen.

Am nächsten Tag nahm Lord Westfield uns in Augenschein. Er schien sich über unseren Anblick zu freuen. „Ich setze großes Vertrauen in diese Pferde. Mein Freund Gordon hat sie mir wärmstens empfohlen", sagte er. „Farblich passen sie zwar nicht zusammen; aber solange wir uns auf dem Lande aufhalten, sind sie für den Wagen gut genug, denke ich, und der Rappe ist vermutlich ein ausgezeichnetes Reitpferd."

York berichtete ihm, was John über uns gesagt hatte.

„Nun", erwiderte der Graf, „halten Sie ein Auge auf die Stute, und schnallen Sie den beiden die Aufsatzzügel locker. Wenn man ein bisschen auf sie eingeht, werden sie sich gewiss allmählich daran gewöhnen. Ich will auch die Gräfin darauf aufmerksam machen."

Am Nachmittag wurden wir aufgezäumt und angeschirrt, und als die Stalluhr drei schlug, führte man uns vor den Haupteingang des Herrenhauses. Es war ein prächtiges Gebäude, drei- oder viermal so groß wie das alte Gutshaus in Birtwick Park; aber es gefiel mir nicht halb so gut. Zwei Lakaien in lehmfarbener Livree mit scharlachroten Kniehosen und weißen Strümpfen standen bereit. Bald darauf hörten wir das Rascheln von Seidenkleidern, und eine hoch gewachsene, stolz aussehende Dame schritt die Steintreppe herunter. Sie kam auf uns zu und begutachtete uns. Irgendetwas schien ihr nicht zu gefallen, aber sie sagte nichts und stieg in den Wagen.

Es war das erste Mal, dass ich einen Aufsatzzügel trug. Ich empfand es zwar als lästig, dass ich nicht ab und zu meinen Kopf senken konnte, aber der Riemen zog meinen Kopf nicht höher, als ich ihn sonst aus freiem Willen trug. Ich sorgte mich ein wenig um Ginger, aber sie machte einen ruhigen, zufriedenen Eindruck.

Am nächsten Tag um drei Uhr standen wir wieder an der Tür, und wiederum waren auch die Lakaien schon zur Stelle. Die Gräfin kam die Stufen herunter und befahl mit gebieterischer Stimme: „York, schnallen Sie den Pferden den Kopf höher. So wie sie jetzt sind, kann man sich ja nicht mit ihnen sehen lassen."

York stieg ab und erwiderte respektvoll: „Ich bitte um Verzeihung, Mylady, aber der Rappe hat noch nie einen Aufsatzzügel getragen und der Fuchs seit drei Jahren nicht. Der Herr Graf meinte, es sei sicherer, sie ganz allmählich aufzusetzen. Aber wenn Frau Gräfin es wünschen, kann ich sie natürlich jetzt schon etwas höher schnallen."

„Tun Sie das", sagte die Gräfin.

York gehorchte. Er verkürzte die Zügel um ein Loch, glaube ich. Jedes kleine Stück weiter oder enger macht schon einen Unterschied.

An diesem Tag mussten wir einen steilen Hang hinaufsteigen. Jetzt begriff ich, was ich früher gehört hatte. Natürlich wollte ich meinen Kopf nach vorn strecken, den Rücken wölben und den Wagen mit ganzer Kraft bergauf ziehen, so wie wir es gewohnt waren. Aber das war jetzt nicht mehr möglich: Ich musste mit erhobenem Kopf vorwärts gehen und Rücken und Beine viel zu sehr anstrengen. Das verleidete mir den ganzen Ausflug.

Als wir wieder in den Stall kamen, sagte Ginger: „Nun

siehst du, wie es ist. Aber so macht es mir noch nicht allzu viel aus. Wenn es nicht ärger wird als jetzt, will ich mich nicht beklagen. Wir werden hier ja gut behandelt. Aber wenn sie mich ganz eng schnallen, dann sollen sie etwas erleben! Ich kann das einfach nicht ertragen, und ich werde es mir auch nicht gefallen lassen."

Jeden Tag wurden unsere Aufsatzzügel Loch um Loch kürzer geschnallt. Früher hatte ich mich immer auf das Aufzäumen gefreut. Jetzt fing ich an, mich davor zu fürchten. Auch Ginger schien unruhig zu werden, obwohl sie sehr wenig sagte. Endlich dachte ich, das Schlimmste sei vorüber, denn mehrere Tage lang waren die Zügel nicht mehr verschnallt worden. Ich nahm mir vor, mich mit meinem Schicksal abzufinden und meine Pflicht zu tun, obwohl sie jetzt wirklich kein Vergnügen mehr, sondern nur noch eine ständige Qual war. Aber das Schlimmste stand uns noch bevor.

Ein Streik für die Freiheit

Eines Tages kam die Gräfin später als gewöhnlich herunter, und ihr Seidenkleid raschelte lauter denn je.

„Fahren Sie mich zur Herzogin von Bromshire!“, befahl sie und fügte nach einer Pause hinzu: „Wie lange soll es eigentlich noch dauern, York, bis diese Pferde gelernt haben, dass sie den Kopf hoch tragen müssen? Ich finde, wir haben lange genug Geduld gehabt. Machen Sie jetzt endlich mit diesem Unsinn Schluss und setzen Sie sie so auf, wie es sich gehört!“

York kam zuerst zu mir. Er zog meinen Kopf nach hinten und schnallte den Aufsatzzügel so fest, dass es kaum auszuhalten war. Dann ging er zu Ginger, die ungeduldig mit dem Kopf schlug, wie sie es jetzt immer tat. Sie ahnte wohl, was ihr bevorstand, denn in dem Augenblick, als York sich ihr näherte, bäumte sie sich so plötzlich auf, dass er einen derben Nasenstüber erhielt und ihm der Hut vom Kopf flog. Der Stallknecht, der neben ihm stand, taumelte und wäre beinahe umgefallen.

Im nächsten Augenblick packten beide Männer Ginger am Kopf. Aber sie war ihnen durchaus gewachsen und fuhr fort, sich verzweifelt aufzubäumen und auszuschlagen. Zuletzt keilte sie mit der linken Hinterhand über die

Wagendeichsel und stürzte, nachdem sie mir noch einen schweren Hieb gegen die Kruppe versetzt hatte.
Wer weiß, wie viel Unheil sie noch angerichtet hätte, wenn York – um sie am Weiterkämpfen zu hindern – sich nicht geschwind platt auf ihren Kopf gesetzt und den umstehenden Dienern zugerufen hätte: „Schirrt den Rappen ab! Holt die Winde und schraubt die Deichsel los. Schneidet die Leine hier ab, wenn ihr sie nicht abhaken könnt."
Einer der Lakaien rannte davon, um die Winde zu holen, und ein anderer brachte ein Messer aus dem Haus. Der Stallknecht machte mich bald von Ginger und dem Wagen frei und führte mich in meine Box. Er brachte mich so hinein, wie ich war, und rannte zu York zurück.
Ich war sehr erregt über das, was ich soeben erlebt hatte. Die Beine taten mir weh, und ich trug immer noch den verhassten Zügel, der es mir unmöglich machte, den Kopf zu senken. Wenn ich gewohnt gewesen wäre auszuschlagen, hätte ich sicher der erstbesten Person, die den Stall betrat, ein paar Tritte versetzt.
Es dauerte nicht lange, da wurde Ginger, die ziemlich angeschlagen war und mehrere Prellungen hatte, von zwei Stallknechten hereingeführt. York war auch dabei. Er erteilte Anweisungen und kam dann zu mir.
„Diese verwünschten Aufsatzzügel!", murmelte er vor sich hin. „Ich hatte mir schon gedacht, dass wir bald Ärger haben würden. Seine Lordschaft wird sehr böse werden. Aber so ist es nun mal: Wenn der eigene Ehemann seine Frau nicht regieren kann, wie soll es da ein Bediensteter können! Ich wasche also meine Hände in

Unschuld. Und wenn sie nun das Gartenfest der Herzogin versäumt, kann ich auch nichts dafür." Das sagte er natürlich nicht in Gegenwart der Stallknechte. Wenn sie dabei waren, sprach er immer in achtungsvollem Ton von seiner Herrschaft.

York tastete meinen Körper ab und fand bald eine Stelle über dem Sprunggelenk, an die Ginger mich getreten hatte. Sie war angeschwollen und tat weh. Er befahl einem Burschen, die Stelle mit heißem Wasser und einem Schwamm abzuwaschen und dann mit einer Tinktur einzureiben.

Lord Westfield war entsetzt, als er erfuhr, was geschehen war, und tadelte York, weil er seiner Herrin nachgegeben hatte. Darauf entgegnete der Stallmeister, in Zukunft würde er am liebsten seine Befehle allein von Seiner Lordschaft entgegennehmen. Aber ich glaube, daraus wurde nicht viel, denn es ging alles so weiter, wie es vorher gewesen war. Nach meiner Meinung hätte unser Kutscher entschiedener für seine Pferde eintreten sollen; aber vielleicht kann ich das nicht beurteilen.

Ginger wurde nie wieder vor den Wagen gespannt. Als ihre Prellungen geheilt waren, sagte einer von Lord Westfields jüngeren Söhnen, er hätte Lust, sie zu übernehmen. Er glaube bestimmt, dass sie ein gutes Jagdpferd abgeben würde.

Ich selbst musste weiterhin den Wagen ziehen. Mein neuer Partner hieß Max. Er war seit eh und je an den strammen Aufsatzzügel gewöhnt. Ich fragte ihn, wie er das aushalten könne.

„Nun", sagte er, „ich ertrage es, weil ich muss. Aber ich

weiß, dass dieser Zügel mein Leben verkürzt. Deins wird er auch verkürzen, wenn sie ihn dir weiterhin aufzwingen."

„Glaubst du, dass unsere Herrschaften wissen, wie schlecht das für uns ist?"

„Das kann ich nicht sagen", erwiderte Max, „aber die Händler und Hufschmiede wissen es sehr gut. Ich war einmal bei einem Händler, der mich und ein anderes Pferd als Gespann ausbildete. Jeden Tag schnallte er uns den Kopf etwas höher. Einmal fragte ihn ein Herr, warum er das tue. ‚Wenn wir die Pferde nicht aufsetzen, finden wir keine Käufer', erwiderte er. ‚Die Londoner wollen nun einmal, dass ihre Kutschpferde einen erhobenen Kopf und einen erhabenen Gang haben. Für die Tiere selbst ist das natürlich sehr schlecht. Aber für den Handel ist es gut. Die Pferde sind bald verbraucht oder werden krank, und dann kommen die Leute und kaufen ein neues Gespann.' Ich habe deutlich gehört, wie der Pferdehändler das sagte", schloss Max. „Daraus kannst du dir selbst ein Bild von unserer Lage machen."

Vier Monate lang litt ich jedes Mal Höllenqualen, wenn ich den Wagen der Gräfin ziehen musste. Vor dieser Zeit hatte ich nie gewusst, was „Schäumen" bedeutet. Aber jetzt lernte ich es am eigenen Leib kennen. Immer wenn das scharfe Gebiss auf meine Zunge und den Kiefer drückte und Kopf und Hals in so unnatürlich gespannter Stellung verharren mussten, trat mir Schaum vor das Maul. Manche Menschen finden das sehr fein und halten es für ein Zeichen von feurigem Temperament. Das ist es aber nicht. Es bedeutet vielmehr, dass etwas nicht

stimmt; denn Schaum vor dem Mund zu haben ist für ein Pferd genauso widernatürlich wie für einen Menschen.
Ich spürte auch einen Druck auf der Luftröhre, der mir oft das Atmen erschwerte. Jedes Mal wenn ich von der Arbeit zurückkam, hatte ich durch Überanstrengung Schmerzen im Nacken und in der Brust, Maul und Zunge waren empfindlich, und ich fühlte mich verbraucht und niedergeschlagen.
In meinem alten Heim war ich immer geborgen gewesen, denn dort hatte ich den Stallknecht und meinen Herrn zu Freunden gehabt. Hier wurde ich zwar in vieler Beziehung auch gut behandelt; aber einen richtigen Freund besaß ich nicht. York hätte wissen können – und wusste es wahrscheinlich auch –, was für eine Plage dieser Zügel für mich war. Aber es sah so aus, als hielte er es für eine unabänderliche Tatsache, dass wir ihn tragen mussten. Jedenfalls geschah nichts, was mein Los erleichtert hätte.

Lady Anne

Im Vorfrühling reisten der Graf und ein Teil seiner Familie nach London und nahmen York mit sich. Ginger und ich und ein paar andere Pferde wurden zu Hause gelassen, und der erste Stallknecht wurde mit unserer Pflege betraut.

Lady Harriet, die im Herrenhaus zurückblieb, war schwer leidend und fuhr nie im Wagen spazieren, und Lady Anne zog es vor, mit ihrem Bruder oder ihren Vettern zusammen auszureiten. Sie war eine ausgezeichnete Reiterin und so fröhlich und liebenswürdig, wie sie schön war. Sie wählte mich als Reitpferd.

Ich genoss diese Ausritte in der klaren, kalten Luft – manchmal in Gingers, manchmal in Lizzies Gesellschaft – in vollen Zügen. Lizzie war eine Fuchsstute mit leuchtend rotbraunem Fell, beinahe ein Vollblut und wegen ihrer untadeligen Gangart und ihrer Lebhaftigkeit bei den Herren sehr beliebt. Ginger, die mehr von ihr wusste als ich, erzählte mir, sie sei ziemlich nervös.

Im Herrenhaus wohnte zu der Zeit auch ein Verwandter des Grafen, ein Oberst Blantyre. Er ritt Lizzie immer und pries sie so sehr, dass Lady Anne ihr eines Tages den Damensattel und mir den Sattel ihres Vetters auflegen ließ.

Oberst Blantyre schien das gar nicht zu behagen. „Nanu, was soll denn das, Anne?", fragte er. „Sind Sie des guten Black Beauty überdrüssig geworden?"
„Oh nein, durchaus nicht", gab Lady Anne zurück. „Aber ich bin so freundlich, ihn zur Abwechslung einmal Ihnen zu überlassen, während ich es mit der reizenden Lizzie versuche. Sie müssen zugeben, dass sie in Größe und Erscheinung viel eher zu einer Dame passt als mein Lieblingspferd."
„Anne, seien Sie vernünftig!", entgegnete Blantyre. „Folgen Sie meinem Rat und reiten Sie sie nicht. Lizzie ist zwar ein entzückendes Geschöpf, aber für eine Dame ist sie zu nervös. Ich versichere ihnen, sie ist nicht ganz ungefährlich. Bitte lassen Sie uns die Sättel zurücktauschen."
„Mein lieber Vetter", sagte Anne lachend, „machen Sie sich doch um mich keine Sorgen. Ich bin sozusagen im Sattel aufgewachsen und habe schon viele Jagden geritten, obwohl ich weiß, dass Sie es nicht billigen, wenn Damen an Jagden teilnehmen. Nun möchte ich eben einmal diese Lizzie, die ihr Männer alle so gern habt, ausprobieren. Also, seien Sie nett zu mir und helfen Sie mir beim Aufsitzen."
Darauf konnte Blantyre nichts mehr erwidern. Behutsam half er seiner Kusine in den Sattel, prüfte Lizzies Gebiss und Kinnkette und übergab Anne die Zügel. Dann saß er selber auf. In diesem Augeiiblick kam ein Lakai aus dem Haus. Er reichte seiner jungen Herrin einen Brief mit der Bitte, für Lady Harriet bei Doktor Ashley vorzusprechen und die Antwort auf ihre Frage nachher mitzubringen.

Das Dorf lag etwa eine Meile entfernt; das Haus des Arztes war das letzte im Ort. Wir trabten fröhlich unseres Weges bis zu Doktor Ashleys Gartentor. Dahinter führte eine kurze Auffahrt, die zu beiden Seiten von immergrünen Sträuchern begrenzt war, zum Haus.
Blantyre saß vor dem Tor ab und wollte es für Lady Anne öffnen, aber sie sagte: „Ich warte hier auf Sie. Sie können Beautys Zügel auf den Zaun hängen."
Er blickte sie zweifelnd an. „Es dauert keine fünf Minuten", versicherte er ihr dann.
„Oh, Sie brauchen sich nicht zu beeilen! Lizzie und ich werden Ihnen schon nicht davonlaufen."
Blantyre hängte meinen Zügel über die Spitze eines der eisernen Gitterstäbe und war gleich darauf zwischen den Bäumen verschwunden. Lizzie stand mit dem Rücken zu mir ein paar Schritte entfernt ruhig am Straßenrand. Meine junge Herrin saß lässig im Sattel, hielt die Zügel lose in der Hand und summte ein Liedchen vor sich hin.
Ich horchte auf die Schritte meines Reiters, bis er am Haus angelangt war, und hörte ihn an die Tür klopfen. Auf der anderen Straßenseite lag ein eingezäuntes Wiesenstück, dessen Gatter offen stand. In diesem Augenblick trabten ein paar Zugpferde und mehrere Fohlen ungestüm daraus hervor. Hinter ihnen lief ein Junge, der mit einer Peitsche knallte.
Voller Übermut rannten die Fohlen über die Straße. Eins von ihnen stolperte gegen Lizzies Hinterhand. Ich weiß nicht, ob sie durch das dumme Fohlen, das laute Peitschengeknalle oder durch beides zusammen gereizt wurde. Jedenfalls schlug sie heftig aus und sauste in

gestrecktem Galopp davon. Das geschah so plötzlich, dass Lady Anne beinahe aus dem Sattel gefallen wäre. Aber sie fasste sich schnell und griff in die Zügel.
Ich wieherte laut und schrill um Hilfe. Wieder und immer wieder scharrte ich ungeduldig auf dem Boden und schlug mit dem Kopf, um den Zügel zu lockern. Ich brauchte nicht lange zu warten. Blantyre rannte aus dem Haus auf das Tor zu. Bei mir angelangt, sah er sich besorgt nach allen Seiten um. In der Ferne konnte er gerade noch die davonjagende Gestalt im grünen Reitkleid erkennen.
Im Nu war er im Sattel. Ich brauchte weder Gerte noch Sporen, denn ich brannte genau wie mein Reiter darauf, Lizzie einzuholen. Er merkte das, ließ die Zügel schießen, beugte sich ein wenig vornüber, und so preschten wir den beiden nach.
Etwa anderthalb Meilen ging die Landstraße geradeaus; dann bog sie nach rechts ab und gabelte sich bald darauf in zwei Straßen. Lange bevor wir an der Biegung ankamen, waren Lady Anne und Lizzie außer Sichtweite. Welchen Weg mochten sie eingeschlagen haben?
An einer Gartenpforte stand eine Frau, die die Hand über die Augen gelegt hatte und gespannt die Straße hinaufspähte.
Kaum den Zügel einhaltend, rief Blantyre ihr zu: „Rechts oder links?“ „Rechts!“, schrie die Frau, und ab ging es in die Richtung, in die ihre Hand wies.
Einen Augenblick lang sahen wir Pferd und Reiterin in der Ferne – dann verschwanden sie um die nächste Biegung. Noch mehrere Male erhaschten wir einen flüchti-

gen Blick auf sie, aber gleich darauf verloren wir sie wieder aus den Augen. Es schien, als kämen wir ihnen kaum einen Schritt näher.

Ein alter Straßenarbeiter, der bei einem Haufen Steine stand, hob die Hände, als wolle er etwas sagen. Blantyre zog die Zügel ein wenig an.

„Zur Gemeindewiese, Herr, zur Gemeindewiese! Dort ist sie abgebogen."

Ich kannte diese Wiese sehr gut. Sie war größtenteils uneben, mit Heidekraut und dunkelgrünem Stechginster bewachsen; hier und da stand ein struppiger alter Dornbusch. Dazwischen ein paar freie Stellen mit feinem, kurzen Gras, Ameisenhaufen und Maulwurfshügeln. Für ei-

nen gestreckten Galopp war diese Wiese das ungeeignetste Gelände, das ich kannte.
Kaum dort angekommen, sahen wir wieder das grüne Reitkleid vor uns flattern. Annes Kappe war weggeflogen, und hinter ihr wehte ihr langes braunes Haar im Wind. Kopf und Körper lagen weit zurückgelehnt, so als zerre sie mit all der ihr verbliebenen Kraft an den Zügeln und als wäre diese Kraft beinahe erschöpft. Es war deutlich, dass Lizzie auf dem holperigen Boden nicht so schnell vorwärts kam. Ich hatte den Eindruck, als würde es uns jetzt eher gelingen, sie einzuholen.
Solange wir auf der Landstraße galoppiert waren, hatte Blantyre die Zügel schießen lassen. Jetzt lenkte er mich mit leichter Hand und erfahrenem Auge in so meisterlicher Art über den Boden, dass ich meinen Schritt kaum zu verlangsamen brauchte und den beiden immer näher kam.
Etwa auf halbem Wege durch das Heidekraut war vor kurzem ein Graben ausgehoben worden. Die ausgeschachtete Erde hatten die Arbeiter auf die andere Seite geworfen. Ich dachte, jetzt würde Lizzie stehen bleiben. Aber nein! Sie verhielt nur kurz, setzte über den Graben, stolperte zwischen den groben Erdklumpen herum und – stürzte.
Blantyre stöhnte und rief mir zu: „Jetzt zeig, was du kannst, Beauty!“ Er gab mir die Zügel, ich versammelte mich und sprang entschlossen über den Graben und die aufgeworfene Erde.
Reglos lag meine arme junge Herrin, das Gesicht zur Erde gekehrt, auf dem Boden. Blantyre saß ab, kniete ne-

ben ihr nieder und rief sie bei ihrem Namen. Aber sie gab keinen Laut von sich. Behutsam drehte er sie auf den Rücken. Ihr Gesicht war gespenstisch weiß, die Augen hielt sie geschlossen.
„Annie, liebe Annie, sprich doch!“, flehte er, aber sie blieb stumm.
Er knöpfte ihr Kleid auf, befühlte ihre Hände und die Handgelenke. Dann sprang er auf und blickte sich verzweifelt nach Hilfe um.
In einiger Entfernung waren zwei Männer beim Torfstechen. Als sie sahen, dass Lizzie ohne Reiter stürmisch umherrannte, hatten sie ihre Schaufeln hingeworfen und waren hinter ihr hergelaufen, um sie einzufangen. Als sie Blantyres Hilferufe vernahmen, waren sie schnell zur Stelle.
„Kann ich etwas für Sie tun, Herr?“, fragte der Mann, der zuerst ankam, bestürzt, als er die reglos auf dem Boden liegende Reiterin erblickte.
„Können Sie reiten?“
„Nun ja, Herr, ein großer Reiter bin ich nicht, aber für Lady Anne riskiere ich gern meinen Hals. Sie ist immer so gut zu uns und hat sich letzten Winter rührend um meine kranke Frau gekümmert.“
„Dann reiten Sie doch bitte auf diesem Rappen zum Doktor und sagen Sie ihm, er möchte sofort hierher kommen. Danach reiten Sie weiter nach Earlshall, melden den Unfall und veranlassen, dass unverzüglich Hilfe geschickt wird. Ihren Hals riskieren Sie dabei nicht, lieber Freund. Ich bleibe inzwischen hier bei der Verletzten.“
„Wird gemacht, Herr. Ich will tun, was ich kann. Gott

gebe, dass Lady Anne bald ihre Augen wieder aufmacht." Dann rief er dem anderen Mann zu: „He, Tim, lauf und hol Wasser, und sag meiner Frau, sie soll so schnell wie möglich hierher zu Lady Anne kommen."

Ich spürte, dass ihm das Aufsitzen Mühe machte; aber irgendwie gelang es ihm schließlich doch, auf meinen Rücken zu klettern. Sobald er im Sattel saß, rief er aufmunternd „Hühott!", versetzte mir einen kräftigen Schenkeldruck, und ab ging's. Weil er den Graben meiden wollte, machten wir einen kleinen Umweg. Zuerst schien es ihn zu stören, dass er keine Reitgerte hatte, aber als er merkte, dass ich von allein Galopp lief, begnügte er sich damit, am Sattel zu kleben und die Zügel anzuziehen. Ich warf ihn so wenig wie möglich, was bei dem holprigen Boden gar nicht so leicht war. Aber ein paar Mal wurde er doch tüchtig durchgeschüttelt, und dann rief er jedes Mal: „Aua! Ruhig, mein Gaul, ruhig!"

Auf der Landstraße kamen wir gut vorwärts, und der Mann richtete beim Doktor und im Herrenhaus gewissenhaft seine Botschaft aus. Als sie ihn ins Haus baten und ihm etwas zu trinken anbieten wollten, erwiderte er: „Nein, nein, ich will jetzt gleich übers Feld zurückgehen; da schneide ich ein ganzes Stück ab und bin noch vor dem Wagen wieder dort."

Sobald die Nachricht von dem Unfall auf Earlshall bekannt geworden war, setzte ein aufgeregtes Hin und Her ein. Mich brachte ein Stallbursche in meine Box, nahm mir Sattel und Zaum ab und warf mir ein Tuch über.

Ginger wurde gesattelt und in großer Eile zu Lord George geschickt. Bald hörte ich den Wagen vom Hof rollen. Eine lange Zeit verging, ehe Ginger zurückkam und wir allein gelassen wurden. Nun erzählte sie mir alles, was sie gesehen hatte.

„Viel kann ich dir nicht sagen“, fing sie an. „Wir galoppierten fast den ganzen Weg und langten gleichzeitig mit dem Doktor an der Unfallstelle an. Eine Frau saß auf dem Boden und hielt Annes Kopf auf dem Schoß. Der Doktor flößte Anne etwas ein; aber alles, was ich hörte, war: ‚Sie ist nicht tot.‘ Dann wurde ich von einem Mann ein Stück weiter weggeführt. Nach einer Weile wurde Lady Anne zum Wagen getragen, und wir kamen zusammen nach Hause. Zuletzt hörte ich noch meinen Herrn zu einem anderen Mann, der sich nach ihr erkundigte, sagen: ‚Sie hat sich nichts gebrochen, aber sprechen kann sie noch nicht.‘“

Zwei Tage nach dem Unfall besuchten mich Lord George und Blantyre. Lord George klopfte und lobte mich, und der Oberst sagte zu seinem Vetter: „Ich glaube bestimmt, dass Black Beauty genauso gut wusste wie ich, dass Annies Leben in Gefahr war. Selbst wenn ich gewollt hätte, wäre es mir nicht möglich gewesen, ihn zurückzuhalten. Annie dürfte nie ein anderes Pferd reiten als ihn.“

Aus der Unterhaltung der beiden schloss ich, dass meine junge Herrin jetzt außer Gefahr war und bald wieder reiten würde. Das war eine gute Nachricht für mich, und ich freute mich auf eine glückliche Zukunft.

Reuben Smiths zweites Ich

Jetzt muss ich von Reuben Smith berichten. Smith war der Mann, der die Oberaufsicht über die Ställe hatte, solange York in London war. Niemand verstand mehr von seinem Geschäft als er, und wenn er nüchtern war, gab es keinen treueren und wertvolleren Menschen als ihn. Er hatte ein freundliches Wesen und war sehr geschickt im Umgang mit Pferden. Wenn seinen Schützlingen etwas fehlte, konnte er sie beinahe so gut behandeln und heilen wie ein Pferdedoktor; er hatte zwei Jahre bei einem Tierarzt gearbeitet.

Smith war auch ein erstklassiger Kutscher. Einen Vierspänner oder ein Tandem* lenkte er ebenso leicht und sicher wie einen Zweispänner. Er sah gut aus und hatte angenehme Umgangsformen. Ich glaube, jeder – ob Pferd oder Mensch – mochte Reuben gern. Verwunderlich war nur, dass er eine untergeordnete Stellung und nicht den Posten eines Stallmeisters und ersten Kutschers einnahm wie York. Aber er hatte eben leider einen großen Fehler: Er liebte den Alkohol.

Reuben Smith trank nicht ständig wie manche anderen

* Tandem = Wagen mit zwei oder mehr hintereinander gespannten Pferden

Männer. Wochen- oder monatelang konnte er nüchtern bleiben, bis auf einmal die Sucht durchbrach und er seine „Tour“ bekam, wie York es nannte. Dann machte er sich selbst Schande, war ein Schrecken für seine Frau und ein Ärgernis für alle, die mit ihm zu tun hatten. Da er sonst so tüchtig war, hatte York die Sache zwei- oder dreimal vertuscht und vor dem Grafen geheim gehalten. Aber eines Nachts, als Reuben eine Gesellschaft von einem Ball nach Hause fuhr, war er so betrunken gewesen, dass er die Leinen nicht mehr in der Hand halten konnte und ein Herr aus der Gesellschaft auf den Kutschbock steigen und die Damen heimfahren musste. Das blieb natürlich nicht verborgen. Damals wurde Reuben sofort entlassen und musste mit seiner armen Frau und den kleinen Kindern aus dem hübschen Häuschen am Parktor ausziehen und irgendwo anders Unterkunft suchen.
Der alte Max erzählte mir das alles, denn diese Dinge hatten sich bereits vor geraumer Zeit ereignet. Kurz bevor Ginger und ich nach Earlshall kamen, war Smith wieder eingestellt worden. York war beim Grafen, der ein gutes Herz hatte, für ihn eingetreten, und Smith hatte hoch und heilig versprochen, nie wieder, solange er hier leben würde, einen Tropfen Alkohol anzurühren. Bisher hatte er sein Versprechen getreulich gehalten, sodass York dachte, er könne ihn während seiner – Yorks – Abwesenheit ohne Gefahr mit seinem eigenen Posten betrauen. Kein anderer Stallknecht erschien ihm für diese Stellung geeigneter als der gescheite und grundehrliche Smith.

Jetzt war es Anfang April. Im Mai wurde die Familie zurückerwartet. Der leichte zweisitzige Wagen sollte für den Sommer überholt werden, und da Oberst Blantyre zu seinem Regiment zurückkehren musste, wurde vereinbart, dass Smith ihn darin zur Stadt fahren und dann zurückreiten solle. Zu diesem Zweck nahm er den Sattel mit, und ich wurde für die Reise ausgewählt.

Am Bahnhof gab der Oberst dem Kutscher etwas Geld und verabschiedete sich von ihm mit den Worten: „Passen Sie gut auf Ihre junge Herrin auf, Reuben, und lassen Sie Black Beauty nicht von irgendeinem wirrköpfigen, eingebildeten jungen Fant als eine Art Mietpferd benutzen. Bewahren Sie ihn für Lady Anne."

Wir ließen den Wagen beim Stellmacher, und Smith ritt mich zum Gasthaus „Weißer Löwe". Dort befahl er dem Stallknecht, mich gut zu füttern und für vier Uhr bereitzuhalten.

Auf unserem Hinweg hatte sich das Eisen eines meiner Vorderhufe gelockert. Der Stallknecht merkte das kurz vor vier Uhr. Smith kam erst um fünf auf den Hof, allerdings nur, um zu erklären, er breche nicht vor sechs Uhr auf, da er ein paar alte Freunde getroffen habe. Daraufhin machte der Stallknecht ihn auf die Sache mit dem Nagel aufmerksam und fragte ihn, ob er das Hufeisen festmachen lassen solle.

„Ach was, es wird schon noch halten, bis wir nach Hause kommen", fertigte Smith ihn kurz ab. Seine Stimme klang ungewöhnlich laut.

Ich fand, es sah ihm gar nicht ähnlich, dass er sich nicht um den losen Nagel in meinem Hufeisen kümmerte,

denn gewöhnlich nahm er es mit solchen Dingen sehr genau.
Smith kam weder um sechs noch um sieben noch um acht. Es war beinahe neun, als er mich abholte. Er schien sehr schlechter Laune zu sein, denn er beschimpfte den Stallknecht, der gar nichts Unrechtes getan hatte, mit lauter, rauer Stimme.
Der Gastwirt, der an der Tür seines Lokals stand, rief ihm nach: „Seien Sie vorsichtig, Smith!"
Als Antwort stieß Smith einen groben Fluch aus. Noch in der Stadt ließ er mich Galopp laufen. Dabei versetzte er mir scharfe Hiebe mit seiner Peitsche, obwohl ich so schnell galoppierte, wie ich konnte.
Der Mond war noch nicht aufgegangen, und es war sehr dunkel. Auf dem holperigen Pflaster und bei dieser Gangart war es kein Wunder, dass sich mein Hufeisen immer mehr löste. In der Nähe des Schlagbaumes verlor ich es schließlich.
Wenn Smith bei Sinnen gewesen wäre, hätte er gespürt, dass an meinem Gang etwas verkehrt war. Aber er war so betrunken, dass er nichts merkte.
Jenseits des Schlagbaums kam eine lange Wegstrecke, die mit großen, scharfen Steinen neu belegt worden war. Nie dürfte ein Pferd gezwungen werden, über eine solche frisch gepflasterte Straße im Galopp zu laufen; das ist für Pferd und Reiter viel zu gefährlich. Aber genau das verlangte Reuben Smith von mir. In meinem Fall war die Gefahr noch größer, weil ich einen Huf ohne Eisen hatte.
Natürlich tat mir mein unbeschlagener Fuß furchtbar

weh. Der Huf hatte sich gespalten, und die scharfen Steine, die hineingedrungen waren, schnitten mir tief ins Fleisch. Unter solchen Umständen muss jedes Pferd den Halt verlieren. Schließlich wurde der Schmerz unerträglich: Ich strauchelte und stürzte mit voller Wucht auf beide Knie. Durch meinen Sturz wurde Smith aus dem Sattel geschleudert und fiel krachend aufs Pflaster.

Ich kam bald wieder auf die Füße und humpelte an den Straßenrand, wo keine Steine lagen. Der Mond war gerade über der Hecke aufgegangen, und in seinem Licht konnte ich Smith sehen, der ein paar Meter von mir entfernt lag. Er machte einen schwachen Versuch, sich zu erheben, fiel aber unter lautem Stöhnen zurück.

Ich hätte auch stöhnen mögen, denn ich litt heftige Schmerzen an Fuß und Knien. Doch wir Pferde sind gewohnt, unsere Pein schweigend zu ertragen. Also stand ich nur da und lauschte, ohne einen Laut von mir zu geben.

Smith lag jetzt im vollen Mondlicht auf den Steinen. Noch einmal stöhnte er schwer, aber er regte sich nicht. Ich konnte ihm nicht helfen, und mir auch nicht. Es blieb mir nichts anderes übrig, als zu lauschen und auf Geräusche zu warten: Pferdegetrappel, das Rollen von Wagenrädern oder Menschenschritte. Die Straße wurde nicht viel benutzt, und zu dieser Nachtzeit konnte es Stunden dauern, bis uns jemand zu Hilfe kommen würde.

Eine Nachtigall schlug leise im Gebüsch, aber sonst war kein Laut zu hören. Nichts bewegte sich – außer den weißen Wolken, die in der Nähe des Mondes über den

Himmel zogen, und einer braunen Eule, die über die Hecke flatterte. Ich musste an die Sommernächte von früher denken, als ich neben meiner Mutter auf Bauer Greys weicher grüner Wiese gelegen hatte.

Das traurige Ende

Es muss gegen Mitternacht gewesen sein, als ich in weiter Ferne das Klappern von Hufen hörte. Von Zeit zu Zeit verklang das Geräusch, dann wurde es wieder deutlicher. Die Landstraße nach Earlshall führte durch Waldungen, die dem Grafen gehörten. Aus dieser Richtung drang das Pferdegetrappel. Hoffentlich kommt da jemand, der uns sucht, dachte ich.

Das Klappern näherte sich immer mehr, und nun erkannte ich Gingers Schritt. Als sie noch dichter herankam, merkte ich, dass sie den Dogcart zog. Ich wieherte laut und freute mich sehr, als ich Gingers Antwortwiehern und Menschenstimmen hörte. Der Wagen rollte langsam über die Steine und hielt neben der dunklen Gestalt auf dem Boden.

Einer der Männer sprang aus dem Wagen und beugte sich darüber. „Es ist Reuben. Er rührt sich nicht“, sagte er. Der andere Mann folgte dem ersten und neigte sich ebenfalls über Smiths Körper. „Er ist tot“, erklärte er. „Fühl mal, Robert, wie kalt seine Hände sind.“

Sie hoben ihn hoch. Es war tatsächlich kein Leben mehr in ihm. Seine Haare waren von Blut durchweicht. Sie legten ihn wieder auf den Boden und kamen zu mir und un-

tersuchten mich. Bald entdeckten sie meine verletzten Knie.
„Nanu, Black Beauty ist gestürzt und hat ihn abgeworfen! Wer hätte das von diesem Pferd gedacht! Wer hätte überhaupt geahnt, dass er fallen könnte! Reuben muss schon seit Stunden hier liegen. Eigenartig ist auch, dass Beauty sich nicht vom Platz gerührt hat."
Robert machte dann den Versuch, mich zu führen. Ich tat einen Schritt, fiel aber beinahe wieder hin.
„Aha, er hat nicht nur seine Knie, sondern auch einen Fuß verletzt. Sieh mal, dieser Huf ist ganz zersplittert; da musste er ja stürzen, der arme Kerl! Ich will dir was sagen, Ned. Ich fürchte, mit Reuben stimmte etwas nicht. Kannst du dir vorstellen, dass er in normalem Zustand ein Pferd, dem ein Hufeisen fehlt, über diese Steine geritten hätte? Wenn er seine fünf Sinne beisammen gehabt hätte, wäre ihm das nie eingefallen. Es wird wohl mal wieder die alte Geschichte gewesen sein. Die arme Susan! Sie war furchtbar blass, als sie zu mir kam und mich fragte, ob er nicht heimgekommen sei. Sie tat so, als mache sie sich überhaupt keine Sorgen, und erfand alle möglichen Gründe, die ihn vielleicht abgehalten haben konnten, früher zurück zu sein. Trotzdem bat sie mich, ihm entgegenzufahren. Aber was sollen wir jetzt tun? Beauty muss nach Hause geschafft werden, und der Leichnam auch. Das wird nicht einfach sein."
Sie redeten eine Weile hin und her, und schließlich einigten sie sich darauf, dass Robert, der Stallknecht, mich führen und Ned den Leichnam übernehmen sollte. Es war eine harte Arbeit, Smiths entseelten Körper in den

Dogcart zu befördern, denn es war ja niemand da, der inzwischen Ginger festhalten konnte. Aber Ginger rührte sich nicht. Das fiel mir auf, denn gewöhnlich wurde sie leicht ungeduldig, wenn sie lange stehen musste. Aber sie wusste wohl so gut wie ich, worum es sich handelte.

Ned fuhr sehr langsam mit seiner traurigen Last davon. Robert untersuchte noch einmal meinen Fuß; dann band er sein Taschentuch fest darum und führte mich nach Hause. Diese Nachtwanderung werde ich nie vergessen. Wir hatten eine Strecke von mehr als drei Meilen zurückzulegen. Robert geleitete mich ganz behutsam vorwärts, und ich hinkte und humpelte unter großen Schmerzen dahin, so gut ich konnte. Er hatte anscheinend großes Mitleid mit mir, denn er streichelte mich und sprach mir mit weicher Stimme Mut zu.

Endlich erreichte ich meine Box und bekam Hafer zu fressen. Nachdem Robert mir nasse Wickel um die Knie gemacht hatte, verband er meinen Fuß mit einem Kleie-Umschlag, damit die Hitze herausging. Ich legte mich auf meine Streu, und es gelang mir, trotz meiner Schmerzen einzuschlafen.

Am nächsten Morgen kam der Pferdedoktor und untersuchte meine Wunden. Er sagte, er hoffe, das Gelenk sei nicht beschädigt. Wenn das der Fall sei, könnte ich weiter zur Arbeit verwendet werden; es werde jedoch für immer etwas zurückbleiben. Alle gaben sich bestimmt die größte Mühe, mich zu heilen, aber es war eine lange, schmerzhafte Behandlung. „Wildes Fleisch“, wie sie es nannten, wucherte in meinen Knien und musste mit einem beißenden Mittel weggeätzt werden. Und als die

Wunde endlich geheilt war, gossen sie eine scharfe Flüssigkeit über beide Knie, damit die Haare ausgingen. Warum sie das taten, habe ich nicht begriffen, aber sie hatten wohl irgendeinen triftigen Grund dafür.

Da niemand gesehen hatte, auf welche Weise Reuben Smith so plötzlich zu Tode gekommen war, wurde eine gerichtliche Untersuchung anberaumt. Der Gastwirt und der Stallknecht vom „Weißen Löwen" und mehrere andere Leute bezeugten, dass Reuben das Wirtshaus in betrunkenem Zustand verlassen hatte. Der Zöllner sagte aus, er sei in hartem Galopp durch die Schranke geritten. Mein Hufeisen, das jemand zwischen den Steinen gefunden hatte, wurde vorgewiesen. Nun war der Fall klar, und ich wurde von jeder Schuld freigesprochen.

Jedermann bedauerte Susan, Reuben Smiths Frau. Sie war ganz außer sich und jammerte unablässig: „Oh, er war so gut! Er war ein so guter Mensch! Der Alkohol ist an allem schuld. Es dürfte gar nicht erlaubt sein, dieses verwünschte Zeug zu verkaufen! Oh, Reuben, Reuben!"

Nachdem ihr Mann beerdigt worden war, musste die arme Susan, die keine Verwandten mehr hatte, wiederum das behagliche Häuschen bei den großen Eichen verlassen und diesmal in das große, düstere Armenhaus ziehen.

Es geht bergab

Als meine Knie einigermaßen geheilt waren, wurde ich für zwei Monate zum Auskurieren auf eine kleine Wiese geschickt. Dort lebte ich zunächst ganz allein, und obwohl ich die Freiheit und das wohlschmeckende Gras genoss, fühlte ich mich recht einsam, denn ich war ja seit meiner Kindheit an Gesellschaft gewöhnt. Ginger und ich waren feste Freunde geworden, und ich vermisste sie sehr. Immer wenn ich auf der Landstraße Hufschläge hörte, wieherte ich laut. Nur selten bekam ich eine Antwort.

Endlich wurde eines Morgens das Gatter aufgemacht, und wer kam hereingetrabt? Die liebe alte Ginger! Der Knecht band ihr das Halfter ab und ließ sie bei mir.

Mit freudigem Wiehern ging ich auf sie zu. Auch Ginger war froh, mich wieder zu sehen. Aber ich erfuhr bald, dass man sie nicht zu unserem Vergnügen auf die Koppel gebracht hatte. Sie war durch hartes Reiten verdorben worden und sollte sich nun, genau wie ich, hier ausruhen und erholen.

Der junge Lord George, Gingers Herr, war ein kühner Reiter, der keine Gelegenheit zum Jagen ausließ. Ob er sein Pferd dabei überforderte, kümmerte ihn wenig. Jede Warnung seiner Verwandten und der Stallknechte schlug er in den Wind. Bald nachdem ich den Stall verlassen hatte, sollte ein Hindernisrennen stattfinden, und Lord George wollte daran teilnehmen. Obwohl der Stallbursche ihm sagte, Ginger sei etwas überanstrengt und nicht genügend in Form, ging er ins Rennen und stachelte Ginger an, mit den vordersten Pferden Schritt zu halten. Feurig wie sie war, gab sie ihr Bestes und lief mit den ersten drei Pferden ins Ziel. Aber nun hatte sie eine Muskelzerrung im Rücken und Atembeschwerden, denn ihr Reiter war zu schwer für sie.

„So sind wir in der Blüte unserer Jahre verdorben worden", sagte sie, „du durch einen Trunkenbold und ich durch einen Dummkopf. Das ist schlimm."

Trotz dieser Erkenntnis freuten wir uns sehr, dass wir wieder zusammen waren. Zwar galoppierten wir nicht mehr umher, wie wir es früher getan hatten, aber wir fraßen und schliefen gemeinsam und standen stundenlang, die Köpfe zusammengesteckt, unter einer schattigen Linde. So verlebten wir eine gute Zeit, bis Graf Westfield mit seiner Frau aus der Stadt zurückkehrte.

Eines Tages kamen zwei Männer auf die Wiese. Als wir erkannten, dass es der Graf und der Stallmeister York waren, blieben wir still unter unserem Lindenbaum stehen und warteten, bis sie zu uns traten.

„Dreihundert Pfund zum Fenster hinausgeworfen", sagte der Graf, nachdem die beiden uns sorgfältig untersucht hatten, verärgert. „Aber am meisten bekümmert es mich, dass diese beiden schönen Pferde jetzt ruiniert sind. Und mein Freund Gordon hatte sie mir anvertraut, weil er glaubte, bei uns wären sie gut aufgehoben! Nun, Ginger wollen wir ein Jahr lang freien Auslauf geben; vielleicht erholt sie sich in dieser Zeit wieder. Aber Black Beauty muss verkauft werden. Das ist wirklich ein Jammer; aber ein Pferd mit solchen Knien kann ich nicht in meinem Stall behalten."

„Natürlich nicht, Mylord", stimmte York ihm bei. „Aber vielleicht können Sie ihn an jemanden verkaufen, dem es nicht so sehr auf die äußere Erscheinung ankommt und der seine Pferde gut behandelt. Ich kenne einen Mann in Bath, der ein paar Mietställe unterhält und der manchmal ein gutes Pferd zu günstigem Preis braucht. Er hält seine Tiere anständig, das weiß ich. Die Untersuchung hat ja ergeben, dass Black Beauty an Reubens Tod unschuldig ist, und Ihre Empfehlung, Mylord, oder auch meine wären bestimmt eine ausreichende Garantie für ihn."

„Dann ist es wohl das Beste, wenn Sie dem Mann schreiben, York", entschied der Graf. „Der Betrag, den ich durch den Verkauf erziele, ist mir weniger wichtig. Viel größeren Wert lege ich darauf, dass Black Beauty zu ordentlichen Leuten kommt." Nach diesen Worten verließen uns die beiden Männer.

„Bald bringen sie dich also fort", sagte Ginger, „und ich verliere den einzigen Freund, den ich habe. Höchstwahrscheinlich werden wir uns nie wieder sehen. Ja, das Leben ist schwer!"

Etwa eine Woche später kam Robert auf die Wiese. Er streifte mir ein Halfter über den Kopf und führte mich weg. Ginger und ich konnten uns nicht mehr Lebewohl sagen, sondern nur noch von weitem zuwiehern.

Auf Yorks Empfehlung hatte mich der Besitzer der Mietställe in Bath gekauft. Ich wurde mit der Eisenbahn dorthin transportiert. Das war neu für mich. Zuerst hatte ich Angst; aber als ich merkte, dass das Schnaufen, Pfeifen und vor allem das Hin- und Herschaukeln des Verschlages, in dem ich stand, nicht gefährlich war, beruhigte ich mich.

Am Ziel meiner Reise angelangt, wurde ich in einen einigermaßen bequemen Stall gebracht und gut versorgt. Hier war es nicht so luftig und angenehm wie in den Ställen, in denen ich vorher gewohnt hatte. Der Boden in den Ständern war nicht eben, sondern schräg, und da mein Kopf an der Krippe angebunden war, musste ich immer auf der Schräge stehen. Das strengte mich sehr an. Die Menschen scheinen nicht zu wissen, dass Pferde besser arbeiten können, wenn sie bequem stehen und die Möglichkeit haben, sich umzudrehen. Immerhin wurde ich gut gefüttert und sauber gehalten, und ich glaube, im großen Ganzen tat unser Herr für uns, was er konnte. Er unterhielt eine beträchtliche Anzahl von Pferden und Wagen verschiedener Art, die er vermietete. Manchmal lenkten uns seine eigenen Leute, aber zuweilen wurden Pferd und Wagen auch Herren oder Damen überlassen, die selbst kutschieren wollten.

Ein Arbeitspferd und seine Kutscher

Bis zu diesem Zeitpunkt war ich immer von Leuten gelenkt worden, die etwas vom Kutschieren verstanden. Doch nun, nachdem ich ein Mietpferd geworden war, lernte ich auch all die schlechten und ungeschickten Fahrweisen kennen, denen wir an solchen Arbeitsplätzen ausgesetzt sind. Da ich als gutmütig und verlässlich bekannt war, wurde ich wohl noch öfter an unerfahrene Wagenlenker vermietet als manche meiner Gefährten. Es würde zu weit führen, wenn ich alle Fahrstile aufzählen wollte, mit denen ich meine Erfahrungen machte. Aber ein paar davon will ich beschreiben.

Da sind zunächst die Fahrer, die die Zügel zu stramm halten. Anscheinend glauben diese Leute, die ganze Fahrkunst bestünde in einer straffen Leinenführung. Sie reißen das Pferd im Maul und lassen ihm nicht die geringste Bewegungsfreiheit. Ihre ständige Redensart ist: „Man muss sein Pferd fest in der Hand haben“ oder „Man muss es aufrichten“.

Als ob ein Pferd nicht so beschaffen wäre, dass es sich selbst aufrecht hält!

Es mag vielleicht sein, dass arme, abgewirtschaftete Pferde, die durch eine solche Behandlung erst hart und unempfindlich im Maul geworden sind, schließlich diese „Stütze“ brauchen. Aber für ein Pferd, das sich auf seine eigenen Beine verlassen kann, ein weiches Maul hat und sich leicht lenken lässt, ist diese Art der Leinenführung nicht nur peinigend, sondern auch töricht.

Dann gibt es Kutscher, die die Leinen zu lose halten. Sie lassen sie locker auf unserem Rücken liegen, während ihre Hände untätig auf ihren Knien ruhen. Natürlich haben solche Leute keine Kontrolle über ihre Tiere, wenn irgendetwas Unvorhergesehenes geschieht. Scheut, stutzt oder strauchelt ein Pferd plötzlich, dann können sie nicht rechtzeitig eingreifen, und es passiert leicht ein Unglück. Ich persönlich hatte nichts gegen diese Art des Kutschierens, denn ich stutzte oder strauchelte ja nie. Man hatte mich so erzogen, dass ich der lenkenden Hand und den aufmunternden Worten meines Fahrers gehorchte. Trotzdem möchte man natürlich den Zügel ein wenig spüren, wenn man bergab geht, und sicher sein, dass der Fahrer nicht eingeschlafen ist.

Außerdem verführt nachlässige Leinenhaltung ein Pferd häufig zur Trägheit. Wechselt es später den Herrn, dann muss ihm diese Unart mit Gewalt und Peitschenhieben ausgetrieben werden, und das ist mit Ärger und Schmerzen verbunden. Gutsbesitzer Gordon hatte immer großen Wert darauf gelegt, dass wir unsere besten Gangarten und unser bestes Betragen zeigten. Er sagte oft: „Ein Pferd zu verwöhnen und zuzulassen, dass es schlechte Gewohnheiten annimmt, ist ebenso grausam, wie wenn man ein Kind verwöhnt. Beide haben später selber darunter zu leiden.“

Im Übrigen sind Fahrer, die die Leinen zu lose halten, oft auch in anderen Dingen nachlässig und kümmern sich um alles Mögliche, aber nicht um ihre Pferde.

Eines Tages machte ich mit einem von dieser Sorte eine Landpartie in einem Phaeton*. Hinten saß eine Dame mit zwei Kindern. Beim Anfahren ließ er die Zügel auf meinen Rücken plumpsen und versetzte mir mehrere Peitschenhiebe, die völlig sinnlos waren, denn ich tat ja meine Pflicht. Die Straße war geflickt worden, und überall lagen lose Steine herum. Mein Fahrer lachte und scherzte mit der Dame und den Kindern und machte sie auf die Landschaft links und rechts vom Weg aufmerksam. Während der ganzen Zeit fand er es nicht der Mühe wert, auf mich zu achten oder auf dem glattesten Teil der Straße zu fahren. Daher war es kein Wunder, dass ich mir in einen der Vorderhufe einen Stein trat.

Hätte Herr Gordon, John oder jeder andere, der etwas vom Kutschieren versteht, auf dem Bock gesessen, dann wäre ihm sofort aufgefallen, dass etwas nicht stimmte. Selbst bei Dunkelheit hätte eine erfahrene Hand am Zügel gespürt, dass mein Gang ungleichmäßig wurde, und der Kutscher wäre abgestiegen und hätte den Stein herausgezogen.

Aber dieser Mann lachte und redete weiter, während sich bei jedem meiner Schritte der Stein zwischen dem Eisen und der Hufgabel fester verkeilte und meinen Fuß zerschnitt. Entweder war der Mann halb blind oder aber sträflich nachlässig: Jedenfalls lenkte er mich mit diesem

* Phaeton = offener vierrädriger Wagen

Stein im Huf eine gute halbe Meile weiter, ohne irgendetwas zu merken. Schließlich lahmte ich vor Schmerz derart, dass er stutzig wurde und ausrief: „Na, das ist ja allerhand! Die haben uns mit einem lahmen Gaul auf die Reise geschickt! Eine Schande ist das!“

Dann ruckte er an den Zügeln, knallte mit der Peitsche und drohte: „Glaub nicht, dass du mir den verwundeten Krieger spielen kannst, alter Freund! Wir machen eine Landpartie: Da können wir keine faulen, lahmen Pferde brauchen!“

In dem Augenblick kam ein Bauer auf einem kräftigen kleinen Braunen angeritten. Er zog den Hut und hielt an. „Verzeihung, Herr“, sagte er. „Ich glaube, mit Ihrem Pferd ist irgendetwas nicht richtig. Es geht, als hätte es einen Stein im Huf. Wenn Sie erlauben, sehe ich mir einmal seine Hufe an. Diese lose herumliegenden Steine sind verdammt gefährlich für die Pferde.“

„Er ist ein Mietpferd“, erwiderte mein Fahrer. „Ich weiß nicht, was mit ihm los ist. Aber es ist eine Schande, dass sie einem so einen lahmen Gaul vermieten.“

Der Bauer saß ab, streifte seinen Zügel über den Arm und hob meinen Fuß hoch.

„Du meine Güte, da ist wirklich ein Stein drin! Von wegen lahm!“

Zuerst versuchte er den Stein mit der Hand herauszuziehen; aber der hatte sich inzwischen ganz und gar festgeklemmt. Da holte er eine kleine Spitzhacke aus der Tasche. Mit deren Hilfe gelang es ihm schließlich, ihn herauszuschlagen.

Er hielt ihn hoch und sagte: „Sehen Sie, den hatte sich

Ihr Pferd eingetreten. Es ist ein Wunder, dass es nicht gestürzt ist und obendrein die Knie gebrochen hat!"
„Nanu, das ist aber merkwürdig!", rief mein Fahrer erstaunt. „Ich wusste gar nicht, dass sich Pferde Steine in den Huf treten."
„Das wussten Sie nicht?", gab der Bauer vorwurfsvoll zurück. „Selbst den besten Pferden passiert das manchmal. Auf Straßen wie dieser hier können sie es kaum vermeiden. Wenn Sie nicht wollen, dass Ihr Pferd lahmt, müssen Sie scharf aufpassen und so einen Stein immer schnell herausziehen. Er hat sich schwer verletzt", fuhr er fort, während er meinen Fuß behutsam niedersetzte und mich klopfte. „Wenn ich Ihnen raten darf, Herr, lassen Sie ihn jetzt zunächst ganz langsam gehen. Mit dieser Wunde wird er noch eine Weile lahmen."
Dann bestieg er seinen Braunen, lüftete den Hut vor der Dame und ritt davon.
Sobald er fort war, warf der Fahrer die Zügel auf meinen Rücken und hieb auf das Geschirr ein, woraus ich schloss, dass ich weitergehen sollte. Natürlich gehorchte ich; ich war ja schon froh, dass ich von dem Stein befreit war. Aber ich litt auf dem ganzen Weg Schmerzen.
Solche unangenehmen Erfahrungen machten wir Mietpferde oft.

LONDONER GEWOHNHEITEN

Es gab auch Fahrer, die Pferde anscheinend für eine Art Dampfmaschine hielten. Das waren meistens Stadtbewohner, die selber nie ein Pferd besessen hatten und gewöhnlich mit der Eisenbahn fuhren.
Solche Leute glaubten, sie brauchten nur zu zahlen, dann müsse das Mietpferd so weit und so schnell laufen, wie es ihnen gefällt – ganz gleich, wie schwer sie den Wagen beladen, ob die Wege hart oder schlammig, zu steinig oder zu glatt sind und ob es bergauf oder bergab geht. Bei Steigungen denken sie gar nicht daran, einmal auszusteigen und eine kleine Strecke zu Fuß zurückzulegen. Oh nein, sie haben ja für die Fahrt bezahlt, also haben sie auch ein Anrecht darauf, gefahren zu werden. Auf das Pferd Rücksicht nehmen? Ach wo, Pferde sind doch an so etwas gewöhnt! Wozu sind sie denn sonst da, als dazu, Leute bergauf zu ziehen? Zu Fuß gehen? Das wäre ja noch schöner! Also wird fleißig mit der Peitsche geknallt, am Zügel gerissen und mit roher Stimme gebrüllt: „Vorwärts, du faules Biest!" Und dabei geben wir uns doch alle Mühe, ordentlich zu gehen, und gehorchen dem Kutscher, ohne zu klagen, obwohl wir oft fast nicht mehr können.

Dieser Fahrstil verschleißt uns schneller als jeder andere. Ich würde lieber zwanzig Meilen unter der Führung eines guten, rücksichtsvollen Kutschers gehen, als mich zehn Meilen als Dampfmaschine missbrauchen zu lassen.

Und noch etwas: Solche Fahrer benutzen kaum jemals den Bremsklotz – gleichgültig, wie abschüssig die Straße auch sein mag. Das führt manchmal zu schweren Unfällen. Oder wenn sie ihn doch einmal unterlegen, vergessen sie, ihn am Fuß des Abhangs wieder wegzunehmen. Mehr als einmal musste ich den Wagen den nächsten Hügel zur Hälfte hinaufziehen, während eines der Räder fest im Hemmschuh steckte, bis es meinem Kutscher endlich einfiel, ihn zu lösen. Das ist für ein Pferd eine furchtbare Anstrengung.

Anstatt im Schritt anzufahren, wie es ein anständiger Kutscher tun würde, starten diese Londoner Fahrer gewöhnlich schon auf dem Hof mit voller Geschwindigkeit. Wenn sie halten wollen, peitschen sie uns erst und zerren dann so jäh an den Leinen, dass wir stark im Maul gerissen werden und beinahe auf die Hinterhand fallen. Das nennen sie „mit Bravour halten“! Und wenn sie um eine Ecke biegen, nehmen sie die Kurve so scharf, als gäbe es keine rechte und linke Straßenseite.

Ich erinnere mich noch gut an einen Frühlingsabend, nachdem Rory und ich den ganzen Tag unterwegs gewesen waren. (Rory war das Pferd, das meistens mit mir ging, wenn ein Zweigespann bestellt wurde. Er war ein guter, ehrlicher Kerl.) Da wir von unserem eigenen Kutscher gelenkt wurden, der immer nett war und rücksichtsvoll mit uns umging, hatten wir einen recht angenehmen Tag gehabt. Wir liefen in der Dämmerung in flottem Trab heimwärts. Unsere Straße bog scharf nach links ab, aber da wir auf unserer Seite nahe an einer Hecke gingen und genügend Raum da war, zog der Kutscher die Leinen nicht an.

Als wir uns der Biegung näherten, hörte ich ein Pferd und einen zweirädrigen Wagen schnell bergab auf uns zufahren. Die Hecke war hoch, und ich konnte nichts sehen. Im nächsten Augenblick prallten wir aufeinander. Ich hatte Glück, denn ich ging auf der Heckenseite. Rory, der rechts von der Deichsel stand, war ungeschützt. Der Kutscher des Einspänners hatte die Kurve geschnitten und uns zu spät gesehen, um sein Pferd auf die linke Straßenseite hinüberzusteuern.

Rory war der Leidtragende bei dem Zusammenstoß. Die Deichsel des anderen Wagens bohrte sich in seinen Brustkorb; er taumelte rückwärts und stieß einen Schrei aus, den ich nie vergessen werde. Der eine Deichselschaft des anderen Wagens zerbrach, und das Pferd fiel auf die Hüften. Es stellte sich heraus, dass Pferd und Wagen – ein hochrädriger Gig, mit dem besonders die jungen Männer gern fuhren – aus unseren eigenen Ställen stammten. Der Kutscher war einer jener leichtfertigen, unerfahrenen Burschen, die nicht einmal wissen, auf welcher Straßenseite sie fahren müssen, oder – wenn sie es wissen – sich nicht darum kümmern. Da stand nun der arme Rory mit seiner tiefen Wunde, aus der das Blut ihm an den Beinen hinunterfloss.

Es wäre besser gewesen, wenn er bei dem Unfall umgekommen wäre, denn als nach langer Zeit seine Wunde geheilt war, wurde er an einen Kohlenhändler verkauft. Nur Pferde wissen, was es bedeutet, schwer beladene zweirädrige Kohlenkarren, an denen kein Hemmschuh angebracht werden kann, steile Hänge hinauf- und hinunterzuziehen. Noch heute werde ich ganz traurig, wenn ich an solche armen Tiere denke.

Nachdem Rory arbeitsunfähig geworden war, zog ich den Wagen oft zusammen mit einer Stute, die Peggy hieß und in der Box neben mir stand. Sie war ein kräftiger, gut gebauter, schön gescheckter Falbe mit dunkelbrauner Mähne und einem Schweif in derselben Farbe. Peggy war alles andere als ein Rassepferd, aber sehr hübsch und besonders sanft und gutwillig. An ihrem ängstlichenBlick erkannte ich, dass sie irgendeinen Kummer hatte.

Schon als wir zum ersten Mal zusammen ausgingen, fiel mir ihre wunderliche Gangart auf. Halb trabte sie, halb lief sie Galopp: Drei, vier Schritte, dann machte sie einen kleinen Sprung vorwärts. Mit ihr zusammen im Gespann zu gehen war nicht einfach. Auch mich machte es unruhig. Als wir nach Hause kamen, fragte ich sie, warum sie einen so merkwürdigen, ungeschickten Gang habe.

„Ach“, erwiderte sie traurig, „das kommt davon, dass meine Beine so kurz sind. Ich stehe fast so hoch wie du, aber deine Beine sind beinahe acht Zentimeter länger über den Knien als meine. Deshalb kannst du natürlich viel größere Schritte machen und viel schneller laufen als ich. Wenn ich mich selbst geschaffen hätte, wären meine Beine länger, das kann ich dir versichern; denn alle meine Sorgen rühren daher, dass sie zu kurz sind“, schloss sie in verzagtem Ton.

„Aber wieso denn?“, fragte ich. „Du bist doch so kräftig und gutwillig?“
„Ach, weißt du“, erwiderte Peggy, „die Menschen legen eben großen Wert auf Geschwindigkeit, und wenn man mit anderen Pferden nicht Schritt halten kann, gibt es weiter nichts als Peitschenhiebe, Peitschenhiebe und nochmals Peitschenhiebe. Aus diesem Grund habe ich mir immer Mühe gegeben, so gut wie möglich mit meinen Partnern mitzukommen, und habe mir dabei diesen stillosen, ungleichmäßigen Gang angewöhnt.
So war es übrigens nicht immer. Als ich bei meinem ersten Herrn lebte, ging ich immer einen guten, taktfesten Trab. Aber er hatte eben auch nicht solche Eile. Er war ein junger Landpfarrer. Obwohl er zwei Kirchen betreute, die ziemlich weit voneinander entfernt lagen, und eine Menge Arbeit hatte, schalt er nie mit mir und peitschte mich auch nicht, weil ich nicht schneller lief. Er liebte mich sehr. Ich wollte, ich wäre immer noch bei ihm! Er wurde aber dann leider in eine große Stadt versetzt und verkaufte mich an einen Bauern.
Manche Bauern sind vorzügliche Herren, aber ich glaube, dieser war ein erbärmlicher Mensch. Gute Pferde oder guter Fahrstil interessierten ihn nicht. Ihm kam es nur auf schnelles Fahren an. Ich lief so geschwind wie ich konnte, aber das war ihm nicht genug. Dauernd ließ er die Peitsche auf meinem Rücken tanzen. Deshalb gewöhnte ich es mir an, ab und zu einen Sprung nach vorn zu machen, um aufzuholen. An Markttagen blieb er immer bis spät in der Nacht im Wirtshaus und fuhr dann im Galopp nach Hause.

In einer dunklen Nacht ließ er mich wie gewöhnlich heimgaloppieren. Plötzlich stieß das Rad gegen irgendeinen großen, schweren Gegenstand, und das Gig kippte in Sekundenschnelle um. Der Bauer wurde herausgeschleudert und brach sich einen Arm und ein paar Rippen. Das war das Ende meines Zusammenlebens mit ihm. Ich war darüber nicht traurig. Aber du siehst ja: Wenn die Leute es so eilig haben, ist es für mich überall das Gleiche. Ach, wären meine Beine doch länger!"

Arme Peggy! Sie tat mir sehr Leid. Helfen konnte ich ihr nicht, denn ich wusste, wie schwer es für langsame Pferde ist, mit schnellen zusammengespannt zu werden. Immer sind sie es, die die Peitsche zu spüren bekommen, und dabei können sie es doch nicht ändern.

Einige Zeit später wurde Peggy an zwei Damen verkauft, die selbst kutschierten und für ihr Phaeton ein gutmütiges, vertrauenswürdiges Pferd haben wollten. Ich traf sie dann mehrmals draußen auf dem Lande. Da ging sie in gleichmäßigem Schritt und sah so froh und zufrieden aus, wie ein Pferd nur sein kann. Ich freute mich sehr, sie so zu sehen. Sie verdiente es wirklich, einen so guten Platz gefunden zu haben.

Nachdem Peggy uns verlassen hatte, trat ein anderes Pferd an ihre Stelle. Es war jung und hatte einen schlechten Ruf, weil es scheute und stutzte. Wegen seiner Unart hatte es seinen früheren Arbeitsplatz verloren. Ich fragte es, warum es so scheu sei.

„Ja, das weiß ich selber nicht recht", erwiderte der Neue. „Als Fohlen hat man mich mehrmals erschreckt. Immer wenn ich irgendetwas Merkwürdiges sah, drehte ich mich um und wollte es betrachten. Du weißt ja, dass man mit unseren Scheuklappen nichts sehen kann, wenn man sich nicht umschaut. Jedes Mal wenn ich das tat, zog mein Herr mir eins mit der Peitsche über. Dadurch wurde ich nur noch ängstlicher. Ich glaube, wenn er mir erlaubt hätte, alles in Ruhe anzusehen und festzustellen, dass mir keine Gefahr drohte, wäre alles in Ordnung gewesen und ich hätte mich an die Dinge gewöhnt.

Eines Tages fuhr ein alter Herr mit ihm. Als plötzlich ein Blatt Papier oder irgendein weißer Fetzen an mir vorbeiflog, scheute ich und stürzte nach vorn. Wie gewöhnlich hieb mein Herr heftig mit der Peitsche auf mich ein. Aber der alte Mann rief: ‚Sie tun Unrecht! Sie tun Unrecht! Man darf ein Pferd nie schlagen, wenn es scheut. Es scheut ja aus Angst, und Sie machen es nur noch furchtsamer und verschlimmern seine Angewohnheit.' Anscheinend tun das also nicht alle Menschen.

Ich scheue bestimmt nicht absichtlich. Wie sollte man denn wissen, was gefährlich ist und was nicht, wenn einem nie die Gelegenheit gegeben wird, sich an etwas zu gewöhnen? Vor Lebewesen und Gegenständen, die ich kenne, habe ich keine Angst. Ich wuchs in einem Park auf, in dem Hirsche lebten. Diese Tiere waren mir genauso vertraut wie Schafe oder Kühe. Das ist doch gar nicht so selbstverständlich, nicht wahr? Ich kenne jedenfalls viele gescheite Pferde, die sich vor ihnen fürchten und sich recht wild aufführen, wenn sie einem Hirsch oder einem Reh begegnen."

Was mein Gefährte sagte, ist wahr. Wenn doch jedes

junge Pferd einen so guten Herrn hätte wie Bauer Grey oder Gutsbesitzer Gordon!

Natürlich hatten wir auch manchmal das Glück, von guten Kutschern gelenkt zu werden. Ich entsinne mich an einen Morgen, an dem ich mit dem leichten Gig zu einem Herrn in der Pulteneystraße gehen musste. Zwei Herren kamen aus dem Haus. Der größere von ihnen stellte sich neben meinen Kopf, betrachtete mein Gebiss und meinen Zaum und schob das Kumt mit der Hand zurecht, damit es bequem ansaß.

„Braucht denn dieser Rappe unbedingt eine Kinnkette?", fragte er den Stallknecht.

„Nun ja", erwiderte der Mann, „nach meiner Meinung könnte er genauso gut ohne gehen, denn er hat ein ungewöhnlich gutes Maul und keine Unarten, obwohl er feurig ist. Wir legen ihm nur den Kunden zuliebe die Kinnkette an, denn den meisten gefällt es so besser."

„Mir nicht", entgegnete der Herr. „Seien Sie so freundlich und haken Sie sie ab. Auf einer langen Reise geht es sich so leichter, nicht wahr, alter Freund?", setzte er, zu mir gewandt, hinzu und klopfte mir den Hals.

Dann ergriff er die Zügel, und beide stiegen auf. Ich erinnere mich noch heute gut daran, wie ruhig er mich wendete und mit einem leichten Zügelruck, die Peitsche sanft über meinen Rücken ziehend, anfuhr. Ich wölbte den Hals und zeigte meinen besten Gang, denn ich merkte, dass hinter mir ein Kutscher saß, der wusste, wie ein gutes Pferd gelenkt werden muss. Ich wurde ganz fröhlich und fühlte mich in alte Zeiten zurückversetzt.

Dieser Mann gewann mich sehr lieb, und nachdem er

mich auch mehrmals geritten hatte, veranlasste er meinen Herrn, mich an einen seiner Freunde zu verkaufen, der ein sicheres, angenehmes Reitpferd brauchte. So kam ich noch im Sommer zu Herrn Barry.

Ein Dieb

Mein neuer Herr wohnte in Bath. Er war Junggeselle und hatte geschäftlich sehr viel zu tun. Sein Arzt hatte ihm geraten, Pferdesport zu treiben, und darum kaufte er mich. Er mietete in der Nähe seiner Wohnung einen Stall und stellte einen Mann namens Filcher als Stallknecht an.
Herr Barry verstand wenig von Pferden; aber er behandelte mich gut, und ich hätte einen leichten, angenehmen Arbeitsplatz gehabt, wenn da nicht Umstände gewesen wären, von denen er nichts wusste. Er bestellte das beste Heu und eine Menge Hafer, zerstampfte Bohnen und Kleie mit Roggenstroh. Ich hörte, wie er die Bestellung aufgab; daher glaubte ich, dass ich gut gefüttert werden und keine Sorgen haben würde.
Ein paar Tage lang war auch alles in Ordnung. Ich merkte, dass mein Stallknecht sein Geschäft verstand. Filcher hielt den Stall rein und luftig, pflegte mich gründlich und behandelte mich liebevoll. Er war in einem der großen Bather Hotels Stallknecht gewesen. Diese Stellung hatte er aufgegeben; er baute jetzt Obst und Gemüse an, seine Frau züchtete und mästete Geflügel und Kaninchen. Das alles verkauften sie dann auf dem Markt.
Nach einer Weile schien es mir, als würde mein Hafer

knapp. Die Bohnen, mit denen ich gefüttert wurde, waren mit Kleie anstatt mit Hafer gemischt. Mit der Zeit wurde ich kraftlos und verlor meine frühere Lebhaftigkeit. Ich wunderte mich, dass meinem Herrn die Veränderung in meinem Befinden nicht auffiel. Aber wie hätte ich mich bei ihm beschweren und ihm klarmachen sollen, was mir fehlte?

So ging es etwa zwei Monate lang. Eines Nachmittags ritt er aufs Land hinaus, um einen Freund zu besuchen, der an der Straße nach Wells ein Gut besaß. Dieser Mann hatte ein scharfes Auge für Pferde. Nachdem er Herrn Barry begrüßt hatte, warf er einen Blick auf mich und sagte: „Wenn ich mich nicht täusche, hat sich dein Pferd in den vergangenen zwei Monaten verändert. Ist irgendetwas mit ihm?"

„Das glaube ich nicht", erwiderte mein Herr. „Aber er ist nicht mehr halb so lebhaft wie am Anfang. Mein Stallknecht meint, im Herbst seien Pferde immer matt und schwach. Das sei nichts Ungewöhnliches."

„Herbst? Ach, Unsinn!", widersprach der Freund. „Wir haben doch jetzt erst August. Und bei der leichten Arbeit und dem guten Futter dürfte er nicht so herunterkommen, selbst wenn es Herbst wäre. Womit fütterst du ihn denn?"

Mein Herr erzählte ihm von den Vorräten, die er gekauft hatte. Der andere schüttelte langsam den Kopf. Dann tastete er mich von oben bis unten ab. „Ich weiß nicht, wer dein Korn frisst, mein lieber Barry, aber ich müsste mich sehr irren, wenn es dein Pferd bekäme. Bist du schnell geritten?"

„Nein, ziemlich langsam."
„Dann fühl mal hier", forderte der Gutsherr ihn auf und fuhr mit der Hand über meinen Nacken und meine Schulter. „Er ist so warm und feucht, als hätte er immer nur Gras gefressen. Ich rate dir, deinen Stall ein bisschen gründlicher zu überwachen. Im Grunde finde ich es grässlich, misstrauisch zu sein, und ich selbst habe Gott sei Dank auch keine Ursache dazu. Ob ich zu Hause oder auf Reisen bin: Ich kann mich jederzeit auf meine Leute verlassen. Aber es gibt gemeine Schurken, die niederträchtig genug sind, einem stummen Geschöpf das Futter zu stehlen. Du musst dich unbedingt darum kümmern." Dann wandte er sich an seinen Knecht, der gerade kam, um mich in den Stall zu führen: „Gib diesem Rappen reichlich geschroteten Hafer."
„Stumme Geschöpfe" – ja, das sind wir! Aber wenn ich hätte sprechen können, wäre ich in der Lage gewesen, meinem Herrn zu erzählen, wer seinen Hafer beiseite brachte. Wenn Filcher morgens um sechs in den Stall kam, begleitete ihn immer ein kleiner Junge, der einen Deckelkorb in der Hand hielt. Die beiden gingen zusammen in die Sattelkammer, wo das Getreide aufbewahrt wurde. Wenn die Tür angelehnt war, konnte ich sehen, wie sie einen kleinen Sack mit Hafer aus der Truhe füllten. Dann verschwand der Junge.
Ein paar Tage nach Herrn Barrys Gespräch mit seinem Freund wurde morgens die Tür aufgestoßen, gerade als der kleine Junge den Stall verlassen wollte. Ein Polizist kam herein und hielt das Kind am Arm fest. Hinter ihm erschien ein zweiter Polizist. Er verschloss die Tür von

innen und sagte: „Komm, mein Junge, nun zeig mir, wo dein Vater sein Kaninchenfutter aufbewahrt."

Der Junge guckte furchtsam zu ihm auf und fing an zu weinen. Aber es gab kein Entrinnen: Er musste den Mann zur Korntruhe führen. Dort entdeckte der Polizist einen leeren Sack, der genauso aussah wie der mit Hafer gefüllte, den er in dem Korb des Jungen gefunden hatte.

Filcher kratzte gerade meine Hufe aus, als die Polizisten ihn stellten. Er polterte herum und leugnete alles. Doch trotz seinem Sträuben nahmen sie ihn und seinen Sohn mit. Später hörte ich, dass der Junge für unschuldig befunden, Filcher selbst aber zu zwei Monaten Gefängnis verurteilt wurde.

Ein Schwindler

Ein paar Tage später kam der neue Stallknecht. Er hieß Alfred Smirk und war ein großer, gut aussehender Bursche – aber leider ein arger Schwindler. Ich muss zugeben, dass er mich anständig behandelte und mich nie quälte. Wenn sein Herr dabei war, klopfte und streichelte er mich sogar andauernd. Jedes Mal bevor Herr Barry ausreiten wollte, bürstete Alfred meine Mähne und meinen Schweif mit Wasser und ölte meine Hufe ein, damit ich flott aussah. Aber daran, meine Füße sauber zu halten, die Hufeisen nachzusehen oder überhaupt mich gründlich zu pflegen, dachte er so wenig, als wäre ich eine Kuh gewesen. Er ließ mein Gebiss verrosten, meinen Sattel feucht und meinen Schweifriemen hart und steif werden. Alfred Smirk war sehr eitel. Auf die Pflege seiner eigenen Haare und seines Schnurrbartes legte er großen Wert, und ich sah ihn oft vor dem kleinen Spiegel in der Sattelkammer stehen und seine Krawatte zurechtzupfen. Jedes Mal wenn sein Herr mit ihm sprach, sagte er: „Jawohl, Herr, jawohl, Herr“, und tippte bei jedem Wort an seinen Hut. Er wurde allgemein für einen sehr netten jungen Mann gehalten, und alle Bekannten fanden, Herr Barry könne sich glücklich schätzen, ihn als Stallknecht zu

haben. In Wirklichkeit war er der trägste, eingebildetste Mensch, den man sich vorstellen kann.
Natürlich war es schon viel wert, dass ich nicht misshandelt wurde; aber ein Pferd braucht mehr als das. Ich hatte eine Box, in der ich mich frei bewegen konnte, und wenn Alfred nicht zu faul gewesen wäre, sie auszumisten, hätte ich es recht behaglich gehabt. Aber er nahm nie das ganze Stroh weg, und allmählich fing es an, übel zu riechen. Die beißenden Dämpfe, die aus meiner Streu aufstiegen, drangen mir in Nüstern und Augen. Ich verlor den Appetit, und meine Augen entzündeten sich.
Einmal sagte Herr Barry: „Alfred, hier riecht es ziemlich stark. Wäre es nicht besser, wenn Sie die Box einmal gründlich mit viel Wasser ausscheuern würden?"
„Wie Sie wünschen, Herr", erwiderte Alfred. „Ich erlaube mir nur, darauf aufmerksam zu machen, dass es gefährlich ist, Wasser in eine Pferdebox zu schütten. Pferde erkälten sich leicht, Herr. Ich möchte nichts tun, was für Ihren Rappen schädlich ist. Aber wenn Sie befehlen, stehe ich zu Diensten, Herr."
„Ich will selbstverständlich auch nicht, dass er sich erkältet", entgegnete Herr Barry, „aber der Geruch in diesem Stall gefällt mir nicht. Sind Sie sicher, dass die Abflüsse in Ordnung sind?"
„Da Sie das gerade erwähnen, Herr ...", sagte Alfred eilfertig. „Ich glaube tatsächlich, dass aus dem Abfluss manchmal ein schlechter Geruch heraufkommt. Vielleicht müsste er einmal nachgesehen werden."
„Gut, dann bestellen Sie den Maurer und sagen Sie ihm, er soll die Sache gründlich untersuchen."

„Ja, Herr, das will ich tun."
Der Maurer kam und schlug eine Menge Ziegelsteine heraus, fand aber keinen Fehler. Daraufhin setzte er die Steine wieder ein, verschmierte sie und berechnete meinem Herrn fünf Schilling. Der Gestank in meiner Box aber blieb.
Doch das war nicht alles: Durch das lange Stehen auf der feuchten, faulenden Streu wurden meine Hufe weich, und mein Gang wurde unsicher. Der Herr sagte: „Ich weiß nicht, was mit ihm los ist. Er geht jetzt so tollpatschig. Manchmal fürchte ich, er stolpert."
„Ja, Herr", stimmte Alfred ein, „das habe ich auch schon bemerkt, wenn ich ihn ein bisschen bewegt habe."
In Wirklichkeit bewegte mich der faule Alfred fast nie. Wenn Herr Barry beschäftigt war und keine Zeit zum Reiten hatte, stand ich oft tagelang im Stall, ohne je meine Beine ausstrecken zu können. Trotzdem erhielt ich so reichhaltiges Futter, als müsste ich schwer arbeiten. Das brachte meine Verdauung durcheinander und machte mich manchmal schwerfällig und träge, aber noch öfter unruhig und fiebrig. Der ebenso unwissende wie eingebildete Alfred gab mir nie Grünfutter oder einen Kleiebrei, der mich abgekühlt hätte. Anstatt mich mehr zu bewegen und mir leichteres Fressen vorzusetzen, gab er mir Abführpillen und -tränke ein, die höchst unangenehm zu schlucken waren und von denen es mir unbehaglich und übel wurde.
Eines Tages, als ich mit meinem Herrn auf dem Rücken über ein paar frisch gelegte Steine trabte, waren meine Füße so schwach, dass ich zweimal schwer stolperte.

Daraufhin ritt Herr Barry in die Stadt zum Hufschmied und bat ihn nachzusehen, was mit mir los sei.
Der Mann nahm meine Füße einen nach dem anderen hoch und untersuchte sie. Dann stand er auf, rieb die Hände gegeneinander, um den Staub abzuschütteln, und sagte: „Ihr Pferd hat eine schwere Strahlfäule. Seine Hufe sind ganz weich. Ich wundere mich, dass Ihr Stallknecht sich nicht eher darum gekümmert hat. Diese Krankheit tritt in schmutzigen Ställen auf, die nie richtig ausgemistet werden. Wenn Sie ihn mir morgen hierher schicken wollen, behandele ich die Hufe und zeige Ihrem Stallknecht, wie er die Salbe auftragen muss, die ich ihm mitgeben werde."
Am nächsten Tag reinigte er meine Hufe gründlich und stopfte sie mit Werg aus, das er vorher mit einer starken Lösung getränkt hatte. Diese Prozedur war für mich sehr unangenehm.
Der Hufschmied ordnete an, dass meine Box jeden Tag gründlich ausgemistet und der Fußboden peinlich sauber gehalten werden sollte. Als Futter bestimmte er Kleiebrei, etwas Grünfutter und nicht so viel Hafer, bis meine Füße geheilt wären.
Bei dieser Behandlung kehrten meine Lebensgeister bald zurück. Aber Herr Barry war so verärgert und enttäuscht über seine schlechten Erfahrungen mit den Stallknechten, dass er kein eigenes Pferd mehr halten, sondern lieber eins mieten wollte, wenn er Zeit und Lust hatte zu reiten. Bis meine Hufe vollständig geheilt waren, behielt er mich noch. Dann wurde ich wieder verkauft.

Dritter Teil

PFERDEMARKT

Für diejenigen, die nichts zu verlieren haben, ist ein Pferdemarkt bestimmt eine unterhaltsame Sache. Auf jeden Fall gibt es dort eine Menge zu sehen.

Da standen lange Reihen junger Pferde vom Lande, frisch aus den Marschen – Herden von zottigen Welsh Ponys, die so klein waren wie Merrylegs –, hunderte von Wagenpferden aller Art, manche von ihnen mit geflochtenem Schweif, in den scharlachrote Bänder geknotet waren – und viele so wie ich: schöne Tiere aus gutem Stall, die durch Unfall, irgendeinen Fehler oder eine Krankheit in die Mittelklasse gerutscht waren. Es gab kräftige junge Pferde, die den hohen Stil ihrer Gangarten zeigten, wenn der Pferdeknecht sie an der Longe vorführte. Weiter hinten, um die Ecke herum, standen die vielen armen Kerle, die durch harte Arbeit verdorben worden waren, deren Knie überknickten und deren Hinterhand bei jedem Schritt ausschwang. Da waren auch ein paar trübselige alte Geschöpfe mit herabhängenden Unterlippen und angelegten Ohren, die aussahen, als hätten sie keine Freude und keine Hoffnung mehr im Leben. Manche von ihnen waren so dürr, dass man ihre Rippen zählen konnte, und einige hatten Narben auf dem

Rücken und den Rippen. Ein trauriger Anblick für mich; denn man weiß ja nie, ob man nicht einmal genauso zugerichtet wird.

Es wurde viel gefeilscht auf diesem Pferdemarkt. Ich stand mit ein paar kräftigen Tieren, die noch gut arbeiten konnten, zusammen. Viele Leute kamen, um uns zu begutachten. Die feinen Herren wandten sich stets gleich wieder von mir ab, wenn sie meine gebrochenen Knie sahen, obwohl mein Händler schwor, ich sei nur im Stall ausgeglitten. Zuerst rissen die Leute mein Maul auf, dann sahen sie sich meine Augen an, tasteten mich ab und kniffen mich, um Haut und Fleisch zu untersuchen. Dann prüften sie meine Gangarten. Es war erstaunlich, wie verschieden sie das anpackten. Manche fassten einen grob und gleichgültig an, als sei man ein Stück Holz, andere ließen ihre Hände liebevoll über unsere Körper gleiten und klopften uns zwischendurch, als wollten sie sagen: „Mit deiner Erlaubnis".

Ein Mann gefiel mir, und ich dachte: Wenn der mich kauft, bin ich glücklich. Er war kein feiner Herr, aber auch keiner von der lauten, auffallenden Sorte, die sich einbildet, fein zu sein. Er war ziemlich klein, aber gut gebaut und beweglich. An der Art, wie er mich behandelte, wusste ich sofort, dass er gewohnt war, mit Pferden umzugehen. Er sprach freundlich, und seine grauen Augen hatten einen gütigen Blick. Er roch auch nicht, wie so viele Männer, nach Altbier und Tabak – was ich hasste –, sondern um ihn war ein sauberer, frischer Geruch, als käme er von einem Heuboden. Darum gewann ich ihn lieb. Das mag merkwürdig klingen, ist aber wahr.

Dieser Mann bot 23 Pfund für mich. Das war dem Händler zu wenig, und mein Freund ging weiter. Ich blickte ihm nach, bis er verschwunden war.
Nach ihm trat ein Mann zu uns, der einen harten Blick und eine laute Stimme hatte. Ich fürchtete, dass er mich kaufen würde, aber zum Glück wurde nichts daraus. Nachdem mich noch ein paar andere Leute besichtigt hatten, kam er noch einmal zurück und bot ebenfalls 23 Pfund für mich. Nun hob ein zähes Feilschen an, denn mein Händler glaubte jetzt, er könnte den höheren Preis, den er angesetzt hatte, nicht erzielen.
In diesem Augenblick tauchte der Mann mit den grauen Augen wieder auf. Ich streckte meinen Kopf nach ihm aus, und er streichelte freundlich mein Gesicht.
„Na, alter Junge“, sagte er, „mir scheint, wir passen zueinander. Ich biete 24 für ihn.“
„Sagen Sie 25, und Sie sollen ihn haben.“
„24,10“, gab mein Freund in entschiedenem Ton zurück. „24,10 und nicht einen Sixpence mehr. Ja oder nein?“
„Abgemacht“, erwiderte der Verkäufer. „Ich kann Ihnen versichern, in diesem Rappen steckt unheimlich viel Qualität. Wenn Sie ihn als Droschkenpferd brauchen, haben Sie einen guten Kauf gemacht.“
Mein neuer Herr bezahlte sofort in bar. Dann nahm er das Halfter und führte mich vom Markt weg zu einem Gasthof, wo schon ein Sattel und Zaumzeug für mich bereitlagen. Er gab mir eine gute Hafermahlzeit, blieb bei mir stehen, während ich fraß, und sprach mit mir.
Eine halbe Stunde später waren wir auf dem Weg nach London. Wir zogen über Heckenwege und Landstraßen,

auf denen es sich gut gehen ließ. Dann gelangten wir zur Hauptverkehrsstraße, und endlich erreichten wir in der Dämmerung die große Stadt. Die Gaslaternen waren schon angezündet. Rechts und links zweigten Straßen ab, eine Kreuzung folgte der anderen. So ging es meilenweit weiter, und ich dachte, wir würden nie ans Ziel kommen.

Während ich an einem Droschkenstand vorübertrabte, rief mein Reiter fröhlich: „Gute Nacht, Vater Grant!"

„Hallo, Jerry!", grüßte ihn jemand zurück. „Hast du 'nen guten Gaul bekommen?"

„Ich denke doch", erwiderte mein Besitzer.

„Dann wünsche ich dir viel Glück mit ihm!"

„Schönen Dank, Vater Grant!", rief mein Herr und ritt weiter.

Bald darauf schwenkten wir in eine der Seitenstraßen und etwas später in ein schmales Gässchen ein, in dem auf der einen Seite ziemlich armselig aussehende Häuser und auf der anderen, so viel ich sehen konnte, Remisen und Ställe standen.

Mein Besitzer hielt vor einem der Häuser an und pfiff. Die Tür flog auf, und eine junge Frau lief heraus. Hinter ihr her rannten ein kleines Mädchen und ein größerer Junge.

Mein Reiter saß ab, und es gab eine lebhafte Begrüßung.

„Harry, mein Junge, mach das Tor auf", sagte der Mann. „Mutter wird uns die Laterne bringen."

Ein Weilchen später standen wir alle auf einem kleinen Hof.

„Ist er lieb, Vater?", erkundigte sich das kleine Mädchen.

„Ja, Dolly, so lieb wie dein Kätzchen. Komm und streichle ihn."
Sofort strich die kleine Hand furchtlos über meine Schulter. Wie gut das tat!
„Während du ihn striegelst, mache ich ihm einen Kleiebrei zurecht", sagte die Frau.
„Tu das, Dolly. Das ist genau die Speise, die er jetzt haben möchte. Und für mich hast du sicher auch schon einen guten Brei fertig, was?"
„Dein Brei heißt Fleischklöße und Apfeltörtchen!", rief der Junge, und alle lachten.
Ich wurde in eine bequeme, sauber duftende Box geführt, in der ein Haufen trockenes Stroh lag. Nach einer großartigen Abendmahlzeit legte ich mich mit dem Gefühl, dass ich hier glücklich sein würde, auf meine Streu.

Ein Droschkenpferd

Mein neuer Herr hieß Jeremias Barker, aber jedermann nannte ihn Jerry. Polly, seine pummelige kleine Frau mit weichem dunklen Haar, dunklen Augen und einem lustigen kleinen Mund, war sauber und ordentlich und eine so gute Ehegefährtin, wie ein Mann sie sich nur wünschen kann.

Harry, ein großer, gutherziger und braver Junge, war fast zwölf und seine Schwester Dorothy – oder Dolly, wie sie gerufen wurde – das Ebenbild ihrer Mutter, acht Jahre alt.

Alle hatten einander herzlich lieb. Weder früher noch später habe ich eine so glückliche, fröhliche Familie kennen gelernt wie die Barkers.

Jerry besaß eine eigene Droschkenkutsche und zwei Pferde, die er abwechselnd benutzte. Er lenkte und pflegte uns selbst. Sein anderes Pferd hieß Captain und war ein großer, breitknochiger Schimmel. Captain war jetzt alt, aber in seiner Jugend muss er prachtvoll gewesen sein. Noch immer hatte er eine stolze Kopfhaltung und wölbte vornehm den Nacken – jeder Zoll ein edler, rassiger Hengst. In seiner frühen Jugend hatte er als Reitpferd eines Kavallerieoffiziers am Krimkrieg teilgenommen und war an der Spitze des Regiments in die Schlachten gezogen. Doch davon werde ich später mehr erzählen.

Nachdem ich am nächsten Morgen gut versorgt worden war, kamen Frau Polly und ihr Töchterchen auf den Hof, um mich zu besuchen und Freundschaft mit mir zu schließen. Harry hatte seinem Vater seit dem frühen Morgen geholfen. Er meinte, ich würde ein „Prachtkerl" werden. Polly brachte mir ein Stückchen Apfel und Dolly eine Scheibe Brot. Sie verwöhnte mich, wie ich einst als „Black Beauty" verwöhnt worden war. Wie herrlich, wieder gestreichelt zu werden und Stimmen zu hören, die freundlich zu mir sprachen! So gut ich konnte, zeigte ich ihnen, dass ich ihr Freund sein wollte. Polly fand mich sehr schön und meinte, wenn ich die Sache mit meinen Knien nicht hätte, wäre ich viel zu gut, um eine Mietdroschke zu ziehen.

„Natürlich werden wir nie erfahren, wessen Schuld es war, dass er sich die Knie gebrochen hat", sagte Jerry. „Aber solange ich es nicht weiß, nehme ich an, dass er nichts dafür konnte, denn ich habe noch selten ein Pferd geritten, das einen so sicheren, sauberen Gang hatte wie er. Was meinst du, Polly, wollen wir ihn nach unserem alten Pferd ‚Jack' nennen?"

„Ja", pflichtete seine Frau ihm bei. „Ich freue mich immer, wenn ein guter Name weitergeführt wird."

Captain war den ganzen Morgen mit der Droschke unterwegs. Harry kam nach der Schule zu mir, um mich zu füttern und mir Wasser zu geben. Am Nachmittag wurde ich aufgeschirrt und angespannt. So sorgfältig wie John

Manly verpasste Jerry mir Kumt und Zaumzeug und ruhte nicht eher, als bis alles bequem ansaß. Den Schweifriemen schnallte er zwei Löcher weiter. Er legte mir keinen Aufsatzzügel und keine Kinnkette an, nur eine einfache Ringtrense. War das eine Wohltat!

Nachdem Jerry mich durch die Seitenstraße gelenkt hatte, gelangten wir zu dem großen Droschkenstand, an dem wir am Abend zuvor vorbeigekommen waren. Auf der einen Seite der breiten Straße standen hohe Häuser mit schönen Ladenfronten, auf der anderen eine alte Kirche mit einem Friedhof. Vor dem schmiedeeisernen Friedhofszaun war eine Anzahl Droschken aufgefahren, die auf Fahrgäste warteten. Am Boden verstreut lagen Heubüschel.

Einige von den Kutschern standen zusammen, andere saßen auf ihrem Bock und lasen die Zeitung, und zwei fütterten ihre Pferde mit Heu und tränkten sie mit Wasser. Wir hielten in der Reihe hinter der letzten Droschke. Ein paar Männer gesellten sich zu Jerry, betrachteten mich und gaben ihr Urteil ab.

„Der eignet sich gut für Leichenfahrten", meinte einer.

„Für einen Droschkengaul sieht er viel zu elegant aus", bemerkte ein anderer und schüttelte weise den Kopf. „Ich will nicht Jones heißen, wenn du nicht eines schönen Tages bei ihm einen Haken entdeckst."

„Nun", gab Jerry vergnügt zurück, „ich denke, ich warte lieber, bis der Haken mich findet, dann behalte ich meine gute Laune ein bisschen länger."

Jetzt stapfte ein grauhaariger, breitgesichtiger Mann auf uns zu. Er war in einen langen, weiten grauen Mantel mit

ebenfalls grauer Riesenpelerine gehüllt und hatte einen grauen Hut auf. Um den Hals trug er einen blauen Wollschal, den er sich nur lose umgeschlungen hatte.
Die anderen machten für den Neuankömmling Platz. Der Mann betrachtete mich von oben bis unten, als wolle er mich kaufen. Dann reckte er sich wohlig und brummte: „Der ist genau der Richtige für dich, Jerry. Egal, wie viel du für ihn bezahlt hast: Er ist sein Geld wert." Damit war mein Ruf am Stand begründet.
Der Mann hieß Grant; aber seine Kollegen nannten ihn „Vater Grant". Er arbeitete am längsten von allen an diesem Droschkenstand und war der anerkannte Schiedsrichter bei Meinungsverschiedenheiten und Streitfällen. Gewöhnlich war er gut gelaunt und vernünftig, aber wenn sein Temperament ein bisschen aus den Angeln geriet, wie es manchmal vorkam, wenn er zu viel getrunken hatte, mochte niemand seinen Fäusten zu nahe kommen, denn er konnte gewaltige Schläge austeilen.
Meine erste Woche als Droschkenpferd war sehr anstrengend. Ich musste mich erst an die Großstadt gewöhnen. Der Lärm, die Hetze, die Unmengen von Pferden, Karren und Wagen machten mich ängstlich und unruhig. Aber ich merkte bald, dass ich mich auf meinen Kutscher verlassen konnte, und so wurde ich allmählich ruhiger und sicherer.
Jerry war ein ausgezeichneter Fahrer, und – was noch erfreulicher war – er sorgte für seine Pferde so gut wie für sich selbst. Er merkte bald, dass ich willens war, zu arbeiten und mein Bestes zu geben. Nie benutzte er bei mir die Peitsche. Wenn ich weitergehen sollte, zog er nur

sachte das Peitschenende über meinen Rücken. Aber gewöhnlich merkte ich schon an der Art, wie er die Zügel aufnahm, was er von mir wollte.
In kurzer Zeit verstanden mein Herr und ich einander so gut, wie ein Pferd und ein Mensch sich nur verstehen können. Auch im Stall machte er uns alles so bequem wie möglich. Die Boxen waren nach alter Art gebaut, also zu sehr abgeschrägt; aber Jerry hatte zwei bewegliche Stangen quer über den hinteren Teil anbringen lassen. Nachts, wenn wir ruhten, nahm er einfach unsere Halfter ab und stellte die Stangen auf. So konnten wir uns herumdrehen oder stehen, ganz wie es uns gefiel.
Jerry hielt uns sauber. Unser Futter war abwechslungsreich; er gab uns davon, so viel wir brauchten, und Tag und Nacht stand reichlich frisches, reines Wasser neben uns – nur dann nicht, wenn wir abgehetzt und erhitzt nach Hause kamen. Manche Menschen sind der Meinung, ein Pferd sollte nicht so viel trinken dürfen, wie es will. Ich habe aber die Erfahrung gemacht, dass es uns sehr viel besser bekommt, wenn wir von Zeit zu Zeit einen Schluck trinken können, als wenn wir einen halben Eimer Wasser auf einmal saufen, weil man uns hat warten lassen, bis wir halb verdurstet sind. Manche Stallknechte gehen nach Hause zu ihrem Bier und lassen uns stundenlang mit unserem trockenen Heu und Hafer allein, ohne uns vorher etwas hinzustellen, womit wir es anfeuchten können. Wenn wir dann endlich getränkt werden, schlucken wir natürlich zu viel und zu hastig. Dadurch bekommen wir leicht Atembeschwerden und erkälten uns.

Am besten von allem gefielen mir in meinem neuen Heim die freien Sonntage. Sonntags durften wir uns nämlich den ganzen Tag ausruhen. Wir hätten die schwere Arbeit, die wir wochentags verrichten mussten, wohl auch kaum durchgehalten, wenn wir diese Rasttage nicht gehabt hätten. Außerdem genossen Captain und ich es sehr, dass wir dann Zeit hatten, miteinander zu reden. An einem Sonntag erfuhr ich auch die Geschichte meines Gefährten.

Captain, das Kavalleriepferd

Captain war als Armeepferd ausgebildet worden. Sein erster Besitzer war, wie ich schon erwähnt habe, ein junger Kavallerieoffizier gewesen, der am Krimkrieg teilnahm. Captain sagte, die Schulung zusammen mit all den anderen Pferden – auf Kommando gemeinsam traben, auf der Hinterhand rechtsum oder linksum wenden, zum Halten durchparieren oder auf Trompetenstoß oder Signal in gestrecktem Galopp vorwärts preschen – habe ihm großen Spaß gemacht.
In seiner Jugend war er ein schöner dunkler Apfelschimmel gewesen. Der Offizier liebte ihn sehr und behandelte ihn von Anfang an mit der größten Sorgfalt und Freundlichkeit. So hatte Captain geglaubt, ein Armeepferd habe immer ein angenehmes Leben. Aber als er dann auf einem großen Schiff übers Meer in die Fremde geschickt wurde, dachte er anders darüber.
„Diese Reise war furchtbar", erzählte er. „Natürlich konnten wir nicht vom Festland aufs Schiff gehen. Es blieb den Menschen also nichts anderes übrig, als unter unsere Leiber starke Taue zu binden und uns – obwohl wir uns heftig dagegen wehrten – hochzuhieven. Wir wurden übers Wasser durch die Luft geschwungen und

auf dem Deck des großen Schiffes abgesetzt. Dort brachten sie uns in kleinen geschlossenen Verschlägen unter. Lange sahen wir keinen Himmel und konnten die Beine nicht mehr ausstrecken. Wenn das Schiff bei starkem Wind schlingerte, wurden wir hin- und hergeworfen und fühlten uns recht übel.
Als wir am Ziel unserer Reise angelangt waren, wurden wir wieder in die Luft hinaufgezogen und zum Festland hinübergeschaukelt. Du glaubst gar nicht, wie froh wir waren, als wir festen Boden unter den Füßen spürten, und wie wir vor Freude schnaubten und wieherten!
Bald merkten wir, dass das Land, in dem wir uns nun befanden, ganz anders als unseres war. Wir mussten nicht nur kämpfen, sondern hatten auch unter vielen Beschwernissen zu leiden. Aber Schnee, Nässe, unwegsames Gelände und vieles andere nahmen wir willig auf uns, denn die meisten Männer liebten ihre Pferde sehr und taten, was sie konnten, um uns das Leben zu erleichtern."
„Aber die Schlachten?", fragte ich. „Waren die nicht schlimmer als alles andere?"
„Ach, ich weiß nicht", erwiderte Captain. „Eigentlich mochten wir es ganz gern, wenn die Trompete erscholl und wir zum Kampf gerufen wurden. Auf dieses Kommando warteten wir manchmal stundenlang voller Ungeduld. Wenn es endlich so weit war, sprangen wir so eifrig vorwärts, als gäbe es keine Bajonette, Kanonen- und Flintenkugeln. Ich glaube, solange wir spürten, dass unser Reiter fest im Sattel saß und den Zügel fest in der Hand hielt, fürchtete sich nicht ein Einziger von uns –

selbst dann nicht, wenn die schrecklichen Granaten durch die Luft flogen und in tausend Splitter zerbarsten. Mein Herr und ich gingen aus vielen Kampfhandlungen, an denen wir teilnahmen, unversehrt hervor. Ich kann mich nicht erinnern, dass ich je um mein Leben gebangt hätte, obwohl ich mit ansehen musste, wie Pferde von Kugeln niedergestreckt, von Lanzen durchbohrt und mit furchtbaren Säbelhieben zerhauen wurden und wir sie tot oder im Todeskampf auf dem Schlachtfeld zurückließen. Die zuversichtliche Stimme meines Herrn, mit der er seinen Männern Mut zusprach, gab mir das Gefühl, als könne mir nichts geschehen.

Eine große Anzahl tapferer Männer fiel vor meinen Augen, viele stürzten, tödlich verwundet, aus dem Sattel. Ich hörte das Schreien und Stöhnen der Sterbenden, galoppierte über den von Blut glitschig gewordenen Erdboden und musste häufig ausweichen, um nicht verwundete Soldaten oder Pferde zu zertrampeln. Trotzdem fürchtete ich mich nicht – bis zu einem entsetzlichen Tag, den ich nie vergessen werde."

Hier hielt der alte Captain eine Weile inne und atmete tief. Dann fuhr er fort: „Es war an einem Herbstmorgen. Wie gewöhnlich war unser Regiment eine Stunde vor Tagesanbruch marschbereit. Die Männer standen neben ihren Pferden und warteten auf den Befehl zum Aufsitzen. Als es heller wurde, bemerkten wir, dass die Offiziere aufgeregt hin und her liefen. Noch ehe der Tag richtig anbrach, hörten wir das Feuer der feindlichen Geschütze.

Dann ritt einer der Offiziere heran und rief: ‚Aufsitzen!'

Augenblicklich saßen sie alle im Sattel, und jedes Pferd wartete gespannt auf den Ruck am Zügel oder den Schenkeldruck seines Reiters. Unsere gute Erziehung gestattete es nicht, dass wir uns bewegten. Wir knirschten zwar ab und zu mit dem Gebiss und schlugen ungeduldig mit dem Kopf, aber wir rührten uns nicht von der Stelle.
Mein lieber Herr und ich führten das Regiment an. Während wir noch alle reglos und aufmerksam verharrten, nahm er eine kleine Locke aus meiner Mähne, die auf die linke Seite geweht worden war, legte sie auf die rechte und glättete sie mit der Hand. Dann klopfte er meinen Hals und sagte: ‚Das wird ein heißer Tag heute, Bayard, mein Freund! Aber wir werden wie immer unsere Pflicht tun.' In der Erinnerung kommt es mir so vor, als hätte er mich an jenem Morgen länger und zärtlicher gestreichelt als je zuvor. Ruhig strich er über meinen Hals: Immer wieder, so als dächte er dabei an etwas anderes. Ich freute mich, seine Hand zu spüren, und wölbte stolz und glücklich den Hals. Dabei verhielt ich mich ganz still, denn ich kannte alle seine Stimmungen und fühlte, dass es jetzt nicht am Platz gewesen wäre, wenn ich lebhaft meine Freude geäußert hätte.

An jenem Tag geschah so viel, dass ich gar nicht alles schildern kann. Doch von dem letzten Angriff, den wir zusammen erlebten, will ich dir erzählen. Wir galoppierten über eine Ebene und befanden uns direkt im Schussfeld der feindlichen Kanonen. Längst hatten wir uns an das Donnern der Geschütze und das Knattern von Musketen gewöhnt, und wie oft waren die Kugeln dicht an unserem Ohr vorbeigepfiffen! Einem so heftigen Feuer-

hagel wie an jenem Tag waren wir jedoch noch nie ausgesetzt gewesen. Von überall her regnete es Kugeln und Granaten. Mancher brave Mann fiel, manches Pferd stürzte, warf seinen Reiter ab und drängte sich – voller Entsetzen darüber, allein zu sein und keine lenkende Hand mehr zu spüren – zwischen seine Kampfgefährten, um gemeinsam mit ihnen weiterzugaloppieren.
In diesem Getümmel hielt niemand an, blickte niemand zurück. Die Reihen lichteten sich von Minute zu Minute mehr, aber in dem Maße wie unsere Kameraden fielen, schlossen wir uns nur noch dichter zusammen. Anstatt wankend zu werden, galoppierten wir schneller und schneller, je näher wir dem feindlichen Geschütz kamen, das in weißen Rauch gehüllt war, durch den rote Funken sprühten.
Mein Herr feuerte gerade mit erhobenem rechten Arm seine Kameraden an, da sauste eine Kugel dicht an meinem Kopf vorbei und traf ihn. Er gab keinen Laut von sich, aber ich spürte, wie er im Sattel schwankte. Während ich versuchte, langsamer zu galoppieren, fiel ihm der Säbel aus der rechten, entglitt der Zügel seiner linken Hand, und er sank rückwärts aus dem Sattel auf die Erde. Die anderen Reiter

fegten an uns vorüber, und ich wurde gewaltsam von der Stelle, an der er gestürzt war, weggerissen.
Ich drängte zu ihm zurück, denn ich wollte ihn nicht verlassen und dem Ansturm der Pferdehufe aussetzen; aber es war vergeblich.
Nun war ich auf diesem großen Schlachtfeld allein, ohne Herrn, ohne Freund. Ich wurde von Furcht gepackt und zitterte, wie ich nie zuvor gezittert hatte. Und wie es vor mir viele andere herrenlose Pferde getan hatten, versuchte jetzt auch ich, mich einzureihen und mitzugaloppieren, wurde aber durch die Säbelhiebe der Soldaten abgewehrt.
Plötzlich ergriff ein Mann, dessen Pferd gefallen war, meinen Zügel und stieg auf meinen Rücken. Mit diesem neuen Herrn ging ich wieder vorwärts. Aber unser Regiment wurde überwältigt, und wer nach dem grimmigen Kampf um die Geschütze am Leben geblieben war, jagte jetzt über dasselbe Gelände zurück. Manche Pferde waren so schwer verwundet worden und hatten so viel Blut verloren, dass sie kaum laufen konnten. Andere versuchten sich auf drei Beinen vorwärts zu schleppen, und wieder andere kämpften sich auf der Vorhand hoch, wenn ihre Hinterhand von Geschossen zerfetzt worden war. Ihr Stöhnen und die flehenden Augen, mit denen sie den Fliehenden nachblickten, die sie ihrem Schicksal überließen, werde ich nie vergessen. Nachdem die Schlacht beendet war, wurden die verwundeten Männer zurückgebracht und die Toten bestattet."
„Und was wurde aus den verwundeten Pferden?", erkundigte ich mich. „Ließ man sie einfach liegen?"

„Nein, die Armee-Veterinäre gingen mit ihren Pistolen übers Schlachtfeld und erschossen alle Pferde, denen nicht mehr zu helfen war. Die leicht verwundeten wurden ins Pferdelazarett gebracht und gesund gepflegt. Aber nur etwa ein Viertel meiner Gefährten, die am Morgen mit mir ausgezogen waren, kehrten in unsere Ställe zurück.
Meinen lieben Herrn sah ich niemals wieder. Sicher war er schon tot gewesen, als er aus dem Sattel fiel. Nie mehr habe ich einen Herrn so lieb gehabt wie ihn. Ich nahm noch an vielen anderen Schlachten teil, wurde aber nur ein einziges Mal leicht verwundet."
„Viele Menschen reden über den Krieg, als wäre er etwas Schönes", sagte ich.
„Wer so redet, hat ihn sicher nie kennen gelernt", versetzte Captain. „Solange kein Feind da ist und der Krieg nur aus Exerzieren, Paraden und Scheingefechten besteht, macht er vielleicht Spaß. Aber wenn tausende von tapferen Männern und Pferden getötet oder zu Krüppeln geschossen werden, sieht die Sache ganz anders aus."
„Weißt du, worum sie damals kämpften?", fragte ich.
„Nein", erwiderte Captain, „wir Pferde verstehen so etwas nicht. Aber die Feinde müssen furchtbar böse Menschen gewesen sein, sonst hätte man es sicher nicht der Mühe wert gefunden, den weiten Weg übers Meer zu fahren, um sie zu töten."

JERRY BARKER

Mein neuer Herr war so freundlich, gutherzig und friedfertig wie John Manly. Oft sang er ein Liedchen vor sich hin, das er sich selbst ausgedacht hatte. Eins, das er besonders gern mochte, lautete so:

„Kommt, Vater und Mutter
und Schwester und Bruder,
kommt alle miteinander
und helft einander.“

Und so handelten er und seine ganze Familie auch wirklich.

Harry war für sein Alter ein außerordentlich geschickter Stalljunge und konnte nicht genug Arbeit bekommen. Polly und Dolly halfen morgens, die Droschke sauber zu machen: Sie bürsteten und klopften die Kissen, putzten die Fensterscheiben, während Jerry uns auf dem Hof striegelte und Harry unser Geschirr blank rieb. Sie lachten und scherzten miteinander; das gefiel auch Captain und mir.

Alle waren sie zeitig auf den Beinen, denn Jerry pflegte zu sagen:

„Die Minuten, die du am Morgen verträumst,
die hast du für immer und ewig versäumt.
Dann magst du den ganzen Tag eilen und hasten
und keine Sekunde ruhen noch rasten:
Du holst sie nicht ein, du hast sie versäumt –
die Minuten, die du am Morgen verträumst."

Er konnte es nicht leiden, wenn Leute leichtfertig ihre Zeit vertrödelten. Nichts ärgerte ihn mehr als Kunden, die zu spät kamen und vom Droschkenkutscher verlangten, er solle sein Pferd antreiben, damit es den Zeitverlust wieder aufholte, der durch ihre eigene Trödelei entstanden war.

Eines Tages kamen zwei junge Männer aus einer Taverne in der Nähe unseres Standes und riefen aufgeregt nach Jerry: „Hierher, Kutscher! Beeilen Sie sich. Wir sind ziemlich spät dran. Machen Sie Dampf dahinter, damit es noch zum Ein-Uhr-Zug am Victoria-Bahnhof reicht, ja? Sie sollen auch einen Schilling extra bekommen."

„Ich werde Sie im normalen Tempo fahren, meine Herren. Mit Geld lässt sich solcher ‚Dampf' nicht bezahlen."

Larrys Droschke stand neben unserer. Larry riss den Schlag auf und rief: „Ich bin Ihr Mann, meine Herren! Nehmen Sie meine Droschke. Mein Pferd wird Sie rechtzeitig hinbringen." Und während er die Fahrgäste einsteigen ließ, blinzelte er zu Jerry hin und fügte hinzu: „Meinem Kollegen geht's gegen das Gewissen, sein Pferd schneller als im Zuckeltrab gehen zu lassen." Dann hieb er auf seinen abgehetzten Braunen ein und jagte davon.

Jerry klopfte mir den Hals. „Mit einem Schilling lässt sich so etwas nicht bezahlen, wie, Jack, alter Junge?"
Obwohl Jerry es so entschieden ablehnte, „Dampf dahinter zu machen", wenn es nur darum ging, leichtfertigen Leuten einen Gefallen zu tun, konnte er recht zügig fahren, wenn es nötig war.
Ich erinnere mich noch gut an einen solchen Fall. Eines Morgens, während wir am Stand auf Fahrgäste warteten, sahen wir einen jungen Mann mit einem schweren Reisesack die Straße herunterkommen. Plötzlich trat er auf eine Apfelsinenschale, glitt aus und stürzte.
Jerry lief als Erster zu ihm hin und half ihm aufzustehen. Der junge Mann musste sich sehr wehgetan haben, denn als er, von Jerry und einem anderen Kutscher gestützt, in einen Laden ging, humpelte er und schien noch ganz benommen. Jerry kam zum Stand zurück, aber nach etwa zehn Minuten wurde er von einem Verkäufer hergerufen, und er fuhr vor dem Laden vor.
„Können Sie mich zur Südostbahn fahren?", fragte der junge Mann. „Ich fürchte, ich habe mich durch diesen unglücklichen Sturz verspätet. Den Zwölf-Uhr-Zug muss ich aber unbedingt noch erreichen, weil davon viel für mich abhängt. Wenn Sie mich noch rechtzeitig hinbringen könnten, wäre ich Ihnen außerordentlich dankbar."
„Ich will tun, was ich kann", versicherte Jerry und fügte mit einem besorgten Blick auf den jungen Mann, der leichenblass aussah, hinzu: „Glauben Sie denn, dass Sie überhaupt reisen können?"
„Es muss gehen", erwiderte der Fahrgast entschlossen. „Bitte lassen Sie uns keine Zeit verlieren."

In kürzester Frist saß Jerry auf dem Bock, schnalzte mir aufmunternd zu und zog leicht am Zügel. Ich begriff sofort, was er wollte.

„Also dann, Jack, auf geht's!", sagte er. „Wir wollen den Leuten mal zeigen, wie flott wir traben können, wenn es darauf ankommt."

Mittags bei starkem Verkehr in der Londoner Innenstadt ein gutes Tempo zu halten ist gar nicht so einfach. Aber wir gaben uns die größte Mühe, und wenn ein guter Fahrer und ein gutes Pferd sich einig sind, können sie viel erreichen. Ich ließ mich durch leichteste Zügelführung leiten, und das ist ein großer Vorteil in einer Stadt wie London, wo man sich zwischen all den Kutschen, Mietdroschken, Karren, Liefer- und Lastwagen seinen Weg bahnen muss. Da wollen die einen in diese Richtung, die anderen in jene; die einen zuckeln im Spaziertempo, die anderen sind im Begriff zu überholen. Dazu kommen die Pferdebusse, die alle paar Minuten plötzlich anhalten, um einen Fahrgast mitzunehmen, und dadurch das hinter ihnen kommende Pferd zwingen, ebenfalls stehen zu bleiben oder an ihnen vorbeizugehen. Versucht man gerade zu überholen, dann prescht bestimmt irgendein anderes Pferd mit seinem Wagen durch die schmale Lücke, und man muss sich gedulden, bis sich eine bessere Gelegenheit bietet. Bei einem zweiten Anlauf gelingt es vielleicht. Aber dann gerät man so dicht an das andere Fahrzeug, dass die Räder der beiden Wagen einander streifen. Bald darauf findet man sich in einer langen Schlange von Karren und Wagen, deren Pferde alle nur im Schritt vorwärts gehen können. Zuweilen kommt es zu einer Stauung, und man muss minutenlang stehen bleiben, bis eines der Fahrzeuge in eine Seitenstraße einbiegt oder der Polizist eingreift. Man muss jede Möglichkeit ausnutzen, die sich einem bietet, und gleichzeitig darauf achten, dass nicht etwa die Räder des eigenen Fahrzeugs blockiert werden oder brechen und die Deichsel eines anderen sich einem in Brust oder Schulter bohrt.

Als wir an diesem Tag vor dem Südostbahnhof hielten, zeigte die große Uhr gerade acht Minuten vor zwölf.

„Gott sei Dank, wir haben es noch geschafft!", rief der junge Mann. „Und auch Ihnen, mein Freund, und Ihrem guten Pferd sei gedankt. Sie haben mir einen großen Dienst erwiesen. Bitte nehmen Sie diese fünf Schilling extra."

„Nein, Herr, die nehme ich nicht an. Trotzdem vielen Dank. Ich bin ja so froh darüber, dass Sie Ihren Zug noch erreichen. Halten Sie sich jetzt nicht mehr auf; die Glocke läutet schon. Hierher, Träger, nehmen Sie diesen Koffer – Zwölf-Uhr-Zug nach Dover – so ist's recht." Damit ließ Jerry mich wenden, um für andere Droschken Platz zu machen, die in letzter Minute angeprescht kamen, und hielt weiter unten am Straßenrand an, bis der Ansturm vorbei war.

„Ich bin ja so froh!", murmelte er vor sich hin. „Der arme Junge! Ich möchte nur wissen, was ihn so bedrückte!"

Als wir am Droschkenstand ankamen, lachten die anderen Kutscher und neckten Jerry.

„Du hast ja mächtig Dampf dahinter gemacht, um einen Extra-Fahrlohn einzustreichen", sagte Larry. „Verstößt das nicht gegen deine Grundsätze? Wie viel hat denn der Mann springen lassen?"

„Sehr viel mehr, als ich gewöhnlich einnehme", antwortete Jerry mit einem verschmitzten Lächeln. „Von dem, was er mir gegeben hat, werde ich eine ganze Weile zehren können."

„Ach, Unsinn!", rief Larry.

„Jerry ist ein Schwindler", meinte ein anderer. „Uns hält er Predigten, und dabei macht er es auch nicht anders als wir."

„Hört mal zu, Leute", sagte Jerry. „Der Herr bot mir fünf Schilling Aufgeld an, aber ich habe sie nicht genommen. Für mich war es Lohn genug, mit anzusehen, wie er sich darüber freute, dass er seinen Zug noch erreichte. Und wenn Jack und ich hin und wieder zu unserem Vergnügen einen schnellen Lauf machen, dann ist das unsere Sache und nicht eure."

„Mach, was du willst", warf Larry ein. „Auf diese Weise wirst du natürlich nie ein reicher Mann werden."

„Höchstwahrscheinlich nicht", gab Jerry zurück. „Aber ich glaube nicht, dass ich deshalb weniger glücklich sein werde. Ich habe viele Male die zehn Gebote lesen hören, habe aber nie festgestellt, dass eins von ihnen lautet: ‚Du sollst reich sein.' Im Gegenteil: In der Bibel stehen so viele merkwürdige Dinge über reiche Leute, dass ich mich wahrscheinlich gar nicht wohl bei ihnen fühlen würde."

„Nun ja, eins steht jedenfalls fest", sagte Vater Grant. „Falls du doch einmal reich wirst, dann hast du es verdient, Jerry, und auf deinem Reichtum wird kein Fluch liegen. Aber du, Larry, wirst sicher arm sterben, denn du gibst viel zu viel Geld für Peitschenschnüre aus."

„Was soll ich denn tun, wenn mein Pferd ohne Peitsche nicht laufen will?", verteidigte sich Larry.

„Du nimmst dir ja nie die Mühe festzustellen, ob es nicht auch ohne läuft. Du peitschst auf dem armen Tier herum, als hättest du den Veitstanz im Arm. Dich selbst macht das vielleicht nicht kaputt, aber dein Pferd bestimmt. Warum musst du denn dauernd deine Pferde wechseln? Doch nur, weil du ihnen nie Ruhe gönnst und ihnen nie gut zuredest."

„Ach, ich habe eben kein Glück im Leben. Das ist es, und weiter nichts", meinte Larry.

„Und du wirst auch nie welches haben", versicherte ihm Vater Grant. „Das Glück ist ziemlich wählerisch, meist sucht es sich ein gutes Herz und gesunden Menschenverstand, jedenfalls nach meiner Erfahrung." Damit wandte er sich wieder seiner Zeitung zu, und die anderen Männer kletterten auf ihre Kutschböcke zurück.

Der schäbige Sam

Ich muss sagen, dass es mir für ein Droschkenpferd sehr gut ging. Mein Kutscher war gleichzeitig mein Eigentümer, und selbst wenn er kein so guter Mensch gewesen wäre, wie er war, hätte es in seinem Interesse gelegen, mich gut zu behandeln und nicht zu überfordern. Viele Pferde gehörten großen Fuhrunternehmern, die ihre Tiere gegen einen gewissen Betrag an die Kutscher vermieteten. Da die Pferde nicht ihr Eigentum waren, dachten diese Kutscher einzig und allein daran, wie sie so viel Geld wie möglich zusammenbringen könnten, einmal um ihren Dienstherrn bezahlen zu können, zum anderen um ihren eigenen Unterhalt zu bestreiten. Das ging natürlich auf Kosten der Pferde, die zum Teil ein schreckliches Leben hatten.

Über diese Dinge wurde an unserem Droschkenstand oft geredet.

Eines Tages brachte ein Kutscher, der immer in armseliger, abgerissener Kleidung herumlief und dem seine Kollegen den Spitznamen „Schäbiger Sam" gegeben hatten, sein Pferd an den Stand zurück. Man konnte es dem armen Tier schon von weitem ansehen, dass es furchtbar geschunden worden war.

„Hör mal, Sam“, sagte Vater Grant. „Du und dein Pferd, ihr gehört eher auf die Polizeiwache als auf diesen Droschkenstand.“

Der Mann warf seine zerfetzte Decke über das Pferd, drehte sich nach Grant um und erwiderte mit verzweifelter Stimme: „Wenn die Polizei überhaupt etwas damit zu tun hat, dann sollte sie sich lieber mit den Droschkenbesitzern befassen, die uns so viel Geld abknöpfen, oder mit den Fahrpreisen, die so niedrig sind. Du weißt ja selbst, wie das ist. Wenn man – wie viele von uns während der Saison – täglich 18 Schilling für die Benutzung einer Droschke mit zwei Pferden bezahlen und das erst einmal wieder hereinkriegen muss, bevor man einen Penny in seine Tasche bekommt, dann ist es eben eine Schinderei! Arbeiten die Pferde nicht ordentlich, dann müssen wir hungern. Meine Kinder und ich, wir haben das schon erlebt. Ich habe sechs davon, und nur eines verdient etwas. Und wer arbeitet wohl härter als ich? 14, 15 Stunden bin ich jeden Tag am Stand. Seit zwölf Wochen habe ich keinen freien Sonntag mehr gehabt. Du weißt ja: Skinner gibt nie einen Tag frei, wenn es sich umgehen lässt. Ich brauche dringend einen warmen Mantel und einen Regenumhang; aber wie soll man sich das leisten können, wenn man so viele Münder zu stopfen hat? Vor einer Woche musste ich meine Uhr versetzen, um Skinner zu bezahlen. Die sehe ich nie wieder, das steht fest.“

Ein paar von den Kutschern nickten und gaben ihm Recht. Sam fuhr fort: „Ihr, die ihr eure eigenen Pferde und Droschken habt oder für gute Herren fahrt, könnt vielleicht vorankommen im Leben, ich kann das nicht. In einem Umkreis von vier Meilen dürfen wir nach der ersten nicht mehr als sechs Pence pro Meile berechnen. Gerade heute Morgen hatte ich sechs Meilen zu fahren und bekam nur drei Schilling. Für die Rückfahrt konnte ich keinen Fahrgast auftreiben und musste mit dem leeren Wagen zurückfahren. Das sind zwölf Meilen für das Pferd und drei Schilling für mich. Danach hatte ich eine Dreimeilenfahrt. Die Leute kamen mit so vielen Koffern und Schachteln an, dass es mir eine Menge Zweipennystücke eingebracht hätte, wenn ich sie draußen auf den Gepäckhalter hätte aufladen dürfen. Aber ihr wisst ja, wie manche Fahrgäste sind: Alles, was drin auf dem Vordersitz verstaut werden konnte, wurde mit reingenommen. Nur drei schwere Schachteln kamen oben rauf: Das macht sechs Pence. Für die Fahrt kassierte ich einen Schilling und sechs Pence. Auf der Rückfahrt nahm ich einen Schilling ein. Das sind im ganzen achtzehn Meilen für das Pferd und für mich sechs Schilling. Nun sind noch drei Schilling für dieses Pferd zu verdienen und neun für das Nachmittagspferd, ehe ich einen Penny für mich verdient habe.

Natürlich ist es nicht immer so schlimm wie heute, aber ihr wisst, dass es einem oft so geht. Da ist es doch der reine Hohn, einem Menschen zu sagen, er soll sein Pferd nicht überanstrengen. Wenn ein Tier todmüde ist, lässt es sich nur noch mit Hilfe der Peitsche antreiben. Ich kann es wirklich nicht ändern: Zuerst muss ich an meine Frau und die Kinder denken; das Pferd kommt in zweiter Linie. Darum müssen sich die Droschkenbesitzer kümmern. Wir sind dazu nicht im Stande. Ich quäle mein Pferd bestimmt nicht absichtlich – das kann keiner von euch behaupten.

Irgendetwas ist da verkehrt: Nie hat man einen Ruhetag, nie eine Stunde für Frau und Kinder. Ich bin erst fünfundvierzig, aber manchmal komme ich mir vor wie ein alter Mann.

Ihr wisst, wie flink manche feinen Leute mit dem Verdacht bei der Hand sind, wir seien Betrüger und verlangten zu hohes Fahrgeld. Da stehen sie mit ihren Geldbörsen, zählen den Fahrlohn auf den Penny genau ab und gucken uns an, als wären wir Taschendiebe. Die müssten mal eine Weile bei jedem Wetter sechzehn Stunden täglich auf meinem Kutschbock sitzen, sich durch diese Arbeit ernähren und immer noch achtzehn Schilling übrig haben. Dann würde es ihnen vielleicht vergehen, so geizig und verständnislos zu sein."

Die anderen Männer stimmten Sam lebhaft zu. Einer von ihnen sagte: „Es ist wirklich zum Verzweifeln. Wenn einer dann etwas Unrechtes tut, darf man sich nicht wundern. Und wer will den tadeln, der mal einen Schluck über den Durst trinkt? Wahrhaftig, wer will ihn tadeln?"

Jerry hatte sich an diesem Gespräch nicht beteiligt, aber ich hatte sein Gesicht noch nie so traurig gesehen. Vater Grant, der mit den Händen in den Hosentaschen dastand, zog jetzt sein Taschentuch aus dem Hut und wischte sich damit die Stirn ab.

„Du hast mich besiegt, Sam", sagte er. „Es ist alles wahr, was du sagst, und das mit der Polizei will ich dir nicht wieder unter die Nase reiben. Der Anblick deines Pferdes hatte mich wütend gemacht. Es ist tatsächlich ein hartes Los für Mensch und Tier, und ich weiß nicht, wer das ändern soll. Auf jeden Fall könntest du aber dem armen Geschöpf sagen, dass es dir Leid tut, wenn du deinen Kummer an ihm auslässt. Manchmal ist ein gutes Wort das Einzige, was wir den armen Biestern geben können. Das verstehen sie nämlich."

Ein paar Tage nach dieser Unterhaltung kam ein neuer Mann mit Sams Droschke an den Stand.

„Hallo!", rief einer der Kutscher. „Was ist denn mit dem Schäbigen Sam los?"

„Er liegt krank im Bett", erwiderte der Neue. „Gestern Abend auf dem Hof hat es ihn erwischt. Er konnte kaum nach Hause kriechen. Seine Frau hat heute Morgen einen Jungen mit der Nachricht zu Skinner geschickt, dass sein Vater hohes Fieber hat und nicht aus dem Haus gehen kann. Deshalb bin ich an seiner Stelle hier."

Am nächsten Morgen kam derselbe Mann wieder.

„Wie geht's Sam?", erkundigte sich Vater Grant.

„Mit dem ist es zu Ende."

„Was? Zu Ende? Du willst doch nicht etwa sagen, dass er tot ist?"

„Doch", sagte der Neue. „Heute Morgen um vier Uhr ist er gestorben. Gestern hat er den ganzen Tag getobt und von Skinner und freien Sonntagen gefaselt. ‚Nie habe ich mich sonntags ausruhen können' – das waren seine letzten Worte."

Eine Weile sprach niemand. Dann sagte Vater Grant: „Ich will euch was sagen, Leute: Das ist eine Warnung für uns."

Wiedersehen mit Ginger

Eines Tages, während wir zusammen mit vielen anderen Kutschern und Pferden vor einem Park warteten, in dem eine Musikkapelle spielte, hielt eine schäbige alte Droschke neben uns. Das Pferd war eine alte, ausgemergelte Fuchsstute. Ihre Knie knickten über, und ihre Vorhand war sehr unsicher. Sie hatte ein bisschen Heu gefressen, und der Wind wehte einen Büschel ein Stück weit weg. Das arme Geschöpf streckte seinen langen, dünnen Hals aus und schnappte es mit dem Maul auf. Dann drehte es sich um und hielt Ausschau nach mehr Heu. In den glanzlosen Augen lag ein hoffnungsloser Ausdruck.

Es kam mir vor, als hätte ich diese Stute schon irgendwo gesehen. Als ich gerade darüber nachdachte, wandte sie sich nach mir um und fragte: „Black Beauty, bist du das?“

Es war Ginger. Aber wie hatte sie sich verändert! Der ehemals gewölbte, schöne Hals war jetzt gerade, schlaff und eingefallen; die tadellosen, geraden Beine und die feinen Fesseln waren angeschwollen, ihre Gelenke durch harte Arbeit aus der Form gegangen. Ich merkte auch, dass sie an Atemnot litt, denn ihre Flanken hoben und senkten sich fieberhaft, und sie hustete. Der Kopf, einst voll Feuer und Leben, war vom Leid gezeichnet.

Unsere Kutscher standen ein paar Meter abseits zusammen. Ginger und ich konnten uns also ein bisschen unterhalten. Ihre Geschichte war sehr traurig.

Nachdem sie sich ein Jahr lang auf Earlshall ausgeruht hatte, wurde sie wieder als arbeitsfähig angesehen und verkauft. Eine Weile ging alles gut, bis sich nach einem besonders lang andauernden Galopp, der sie sehr angestrengt hatte, ihre alten Beschwerden meldeten. Auch diesmal durfte sie sich erholen, wurde behandelt und danach wiederum verkauft. So ging es mehrmals, und dabei kam sie immer mehr herunter.

„Schließlich kaufte mich ein Mann, der eine Anzahl Droschken und Pferde hält und sie vermietet", sagte sie. „Dir geht es anscheinend gut – darüber freue ich mich. Das Leben, das ich führen muss, ist schrecklich. Als sie meine Schwäche entdeckten, sagten sie, ich sei den Preis nicht wert, den sie für mich gezahlt hätten. Ich müsste vor eine der ganz billigen Droschken gespannt und einfach verbraucht werden. Und genau das geschieht jetzt mit mir. Sie treiben mich mit Peitschenschlägen zur Arbeit an und kümmern sich nicht im Geringsten darum, wie sehr ich leide. Sie haben für mich bezahlt und müssen das Geld wieder herausbekommen, sagen sie. Der Mann, der mich augenblicklich gemietet hat, muss jeden Tag an den Besitzer eine hohe Summe abführen. Er ist also darauf angewiesen, dass ich den Betrag für ihn wieder hereinhole. Deshalb werde ich gezwungen, mich Tag für Tag abzuschinden, auch sonntags."

„Früher hast du dich doch immer gewehrt, wenn du misshandelt wurdest“, warf ich ein.
„Ja, früher ...“, sagte Ginger. „Aber das nützt ja nichts. Die Menschen sind stärker; und wenn sie grausam und gefühllos sind, können wir weiter nichts tun, als stillhalten, immer wieder stillhalten – bis zum Ende. Wäre ich nur schon tot! Ich habe tote Pferde gesehen. Sie leiden bestimmt keine Schmerzen mehr. Ich wünschte, ich fiele mitten bei meiner Arbeit tot um und brauchte nicht erst zum Abdecker geschickt zu werden.“
Ginger tat mir unendlich Leid. Ich hob meine Nüstern zu den ihren, aber ich war nicht im Stande, irgendetwas zu sagen, was sie hätte trösten können. Ich glaube, sie freute sich, mich zu sehen, denn sie sagte: „Du bist der einzige Freund, den ich je gehabt habe.“
In diesem Augenblick kam ihr Kutscher. Mit einem Ruck am Zügel lenkte er sie aus der Reihe und davon. Ich blieb sehr traurig zurück.
Kurze Zeit danach fuhr ein Karren, in dem ein totes Pferd lag, an unserem Droschkenstand vorbei. Der Kopf hing hinten aus dem Karren heraus. Die Augen waren eingesunken, und von der leblosen Zunge tropfte Blut herunter. Ein grauenhafter Anblick! Es war ein Fuchs mit einer schmalen Blesse und einem langen, dünnen Hals.
Ich glaube, es war Ginger. Ich hoffe es sogar, denn ich wünsche ihr, dass sie von ihren Leiden erlöst ist. Wären die Menschen doch nur barmherziger und würden uns erschießen, bevor wir solches Elend erleben!

Der Schlachter

Ich habe mancherlei Leid mit angesehen, das die Pferde in London erdulden mussten. Wie viel davon wäre zu vermeiden gewesen, wenn die Menschen ein wenig vernünftiger gehandelt hätten!

Es ging mir oft zu Herzen, wenn ich sah, wie die kleinen Ponys sich mit schweren Lasten abplagen oder sich unter den scharfen Peitschenhieben irgendeines grausamen Burschen mühsam vorwärts schleppen mussten. Einmal bemerkte ich ein kleines graues Pony mit dichter Mähne und einem hübschen Kopf, das sich die größte Mühe gab, einen bis obenhin beladenen Karren zu ziehen, während ein grobschlächtiger Junge es mit einer Rute unter den Bauch schlug und es wild am Maul riss. Es sah genau aus wie Merrylegs. Aber ich glaube nicht, dass er es war, denn Pfarrer Blomefield hatte ja versprochen, ihn nie zu verkaufen. Gleichviel: Dieses Pony war gewiss ein so guter kleiner Kerl und hatte vielleicht in seiner Jugend ein ebenso glückliches Heim gehabt wie Merrylegs.

Mir war schon oft aufgefallen, dass Schlachterpferde besonders schnell liefen. Aber erst als wir eines Tages längere Zeit in St. John's Wood warten mussten, erfuhr ich, warum. Das Haus, vor dem wir hielten, stand neben einem Schlachterladen. Auf einmal kam ein Fuhrwerk angerast. Das Pferd schwitzte und war ganz erschöpft. Es ließ den Kopf hängen, und an seinen fliegenden Flanken und zitternden Beinen konnte ich erkennen, wie hart es hatte arbeiten müssen.

Der Junge sprang vom Wagen und lud den Korb ab. In diesem Augenblick kam der Schlachtermeister aus seinem Geschäft. Er war sehr ungehalten. Nachdem er einen Blick auf das Pferd geworfen hatte, wies er den Jungen zurecht: „Wie oft soll ich dir noch sagen, dass du nicht so schnell fahren sollst? Das letzte Pferd hast du zu Grunde gerichtet, und mit diesem wird es genauso gehen, wenn du so weitermachst. Du solltest dich schämen, das Tier in einem derartigen Zustand hierher zu bringen. Eines Tages wirst du noch von der Polizei geschnappt. Dann glaube nicht, dass ich für dich bürge. Ich habe dich genug gewarnt. Wenn du nicht mein Sohn wärst, würde ich dich auf der Stelle entlassen."

Mit mürrisch-trotziger Miene hatte sich der Junge die Strafpredigt angehört. Als sein Vater nun schwieg, erwiderte er ärgerlich, es sei nicht seine Schuld, wenn er so schnell fahre.

„Du schreist immer: ‚Mach schnell! Nun beeil dich mal!'", sagte er. „Und wenn ich bei den Kunden bin, verlangt eine Dame, ich solle ihr in einer Viertelstunde für ein frühes Mittagessen eine Hammelkeule liefern; bei einer anderen Familie hat die Köchin vergessen, das Rindfleisch zu bestellen. Ich muss also zurückfahren und es ihr sofort bringen, sonst schimpft die Hausfrau. Und in einem anderen Haus sagt die Wirtschafterin, sie bekämen unerwartet Gäste, und wir müssten ihnen gleich ein paar Koteletts schicken. Die Kundin von Crescent Nummer 4 bestellt das Fleisch für ihr Abendessen immer erst, wenn ich ihr das Fleisch fürs Mittagessen bringe. Dorthin muss ich also jeden Tag zweimal fahren. Dauernd heißt es: ‚Flink, flink, beeil dich!' Wenn die reichen Leute sich früher überlegen würden, was sie haben wollen, und ihr Fleisch am Tag vorher bestellten, wäre dieses Gejage gar nicht nötig!"

„Ja, wenn sie das nur täten!", seufzte der Schlachter. „Das würde auch mir eine Menge Ärger ersparen, und ich könnte meine Kunden besser bedienen. Aber es nützt ja nichts, dass wir uns darüber ereifern. Wen kümmert es schon, wie es einem Fleischer, seinem Sohn oder seinem Pferd am besten passt?

Na ja, nun führ ihn rein und versorge ihn gut. Und denk dran: Heute kommt er nicht mehr raus! Wenn noch etwas bestellt wird, musst du es eben zu Fuß mit dem Korb austragen." Nach diesen Worten ging er in den Laden zurück, und sein Sohn führte das Pferd fort.

Nicht alle Jungen sind grausam. Ich habe beobachtet, dass manche ihr Pony oder ihren Esel so gern hatten, als wäre es ihr Hündchen, und die kleinen Dinger arbeiteten so fröhlich und willig für ihre jungen Fahrer, wie ich für Jerry arbeitete.

Da war zum Beispiel der Junge eines Grünwarenhändlers, der mit Gemüse und Obst unsere Straße heraufkam. Er hatte ein altes Pony, das nicht sehr schön, aber besonders gutmütig und fleißig war. Ich freute mich jedes Mal, wenn ich sah, wie wunderbar sich die beiden verstanden. Das Pony folgte seinem Herrn wie ein Hund,

und wenn der Junge in seinen Karren stieg, trabte es los, ohne dass der Junge etwas zu sagen oder mit der Peitsche zu knallen brauchte. Es klapperte so munter die Straße entlang, als käme es aus den Stallungen der Königin. Jerry mochte den Jungen gern. Er nannte ihn „Prinz Charlie". „Dieser kleine Kerl wird eines Tages König der Kutscher werden", sagte er.

Dann war da ein alter Mann, der immer mit einem kleinen Kohlenwagen durch unsere Straße zog. Er hatte sich einen Kohlensack auf den Kopf gestülpt, und sein Gesicht war schwarz von Kohlenstaub. Wie zwei treue Lebenskameraden stapften er und sein Brauner daher. Das Pferd blieb von allein vor den Türen der Leute stehen, die von dem Alten Kohlen kauften, und hielt ständig ein Ohr zu seinem Herrn geneigt. Der Ruf, den der alte Mann ertönen ließ, war durch die ganze Straße zu hören, wenn man ihn selber noch gar nicht sehen konnte. Was er rief, habe ich nie verstanden: Aber die Kinder nannten ihn „Ba-a-ar Huh", so klang es zumindest. Polly kaufte immer ihre Kohlen von diesem Mann, und Jerry sagte: „Man sieht, dass auch ein altes Pferd bei armen Leuten glücklich werden kann. Welch ein tröstlicher Gedanke!"

Ein Freund in der Not

Am Wahltag fehlte es Jerry und mir nicht an Arbeit. Zuerst kam ein stämmiger, kurzatmiger Herr mit einer Reisetasche, der zum Bahnhof Bishopsgate gefahren werden wollte. Dann wurden wir von einer Gesellschaft gerufen, deren Ziel der Regent's Park war. Als Nächstes mussten wir eine ängstliche Dame zur Bank und von dort wieder nach Hause bringen. Wir hatten sie gerade abgesetzt, da rannte ein Herr mit rotem Gesicht und ganz außer Atem auf uns zu. Er hielt die Hand voller Papiere. Ehe Jerry absteigen konnte, hatte er schon den Schlag aufgerissen, sich auf den Sitz geworfen und rief: „Polizeiwache Bowstraße, schnell!"

So ging es die ganze Zeit, und als wir nach zwei weiteren Fahrten wieder an den Stand kamen, war außer uns keine Droschke da. Jerry band mir den Futterbeutel um und sagte: „An solchen Tagen müssen wir essen, wenn wir gerade einen Augenblick nichts zu tun haben. Also nutz die Zeit, Jack. Lass dir's schmecken!"

Ich hatte eine gute Mahlzeit von Haferschrot, der mit Kleiebrei angefeuchtet war. Das ist immer ein herrlicher Schmaus, aber an diesem Tag wirkte es besonders erfrischend. Jerry zog eine von Pollys Fleischpasteten heraus, stellte sich neben mich und begann ebenfalls zu essen.

Auf den Straßen herrschte reger Verkehr. Die Wagen mit den Farben der einzelnen Parteien bahnten sich im Eiltempo ihren Weg durch die Menge. Die Pferde hatten es schlecht, aber das machte den Wählern in den Droschken nichts aus. Jedes Mal, wenn sie Angehörige ihrer eigenen Partei vorbeikommen sahen, lehnten sie sich aus den Fenstern, grölten und riefen: „Hurra!" Es war der erste Wahltag, den ich erlebte, und ich sehnte mich nicht danach, einen zweiten mitzumachen.

Während Jerry und ich unser Mittagessen verzehrten, sahen wir eine arme junge Frau mit einem schweren Kind auf dem Arm die Straße herunterkommen. Verwirrt blickte sie sich nach allen Seiten um. Jetzt trat sie auf Jerry zu und fragte ihn, ob er ihr den Weg zum St.-Thomas-Krankenhaus sagen könne und wie weit es bis dorthin noch sei. Wie sie erklärte, war sie am Morgen mit einem Marktkarren vom Land hereingekommen, weil sie mit ihrem kleinen Jungen ins Krankenhaus bestellt worden war. Sie war ganz fremd in London und wusste nichts von der Wahl.

„Der arme kleine Kerl muss schrecklich leiden", sagte sie, während das Kind vor sich hin wimmerte. „Er ist vier Jahre alt und kann nicht besser laufen als ein Baby. Aber der Doktor sagt, wenn ich ihn ins Krankenhaus bringe, kann er vielleicht geheilt werden. Bitte, Herr, wo und wie weit ist es?"

„Aber liebe Frau", erwiderte Jerry, „Sie können doch nicht durch solche Menschenmassen zu Fuß gehen! Das

St.-Thomas-Krankenhaus ist drei Meilen von hier entfernt, und der Junge ist schwer."

„Ja, das ist er, Gott segne ihn. Aber ich bin stark. Und wenn Sie mir den Weg zeigen, schaffe ich es sicher. Sagen Sie mir doch bitte, in welche Richtung ich gehen muss."

„Sie können das nicht", wiederholte Jerry. „Die Gefahr, dass Sie niedergeschlagen werden und dass Ihr Kind überfahren wird, ist viel zu groß. Außerdem fängt es gleich an zu regnen. Hören Sie zu: Steigen Sie einfach in meine Droschke, und ich fahre Sie zum Krankenhaus!"

„Nein, Herr, nein, das kann ich nicht tun. Mein Geld reicht gerade noch für die Heimfahrt. Bitte erklären Sie mir den Weg."

„Seien Sie vernünftig, gute Frau", redete Jerry ihr zu. „Ich habe selbst eine Frau und Kinder zu Hause und weiß, was es heißt, Familienvater zu sein. Steigen Sie jetzt ein; ich fahre Sie umsonst. Ich müsste mich ja schämen, wenn ich es zulassen würde, dass eine Frau und ein krankes Kind sich einer solchen Gefahr aussetzen."

„Der Himmel segne Sie!", rief die Frau und brach in Tränen aus.

„Nun, nun, beruhigen Sie sich, meine Liebe. Kommen Sie, ich helfe Ihnen beim Einsteigen."

Jerry wollte gerade den Wagenschlag öffnen, da rannten zwei Männer mit Parteiabzeichen am Hut und im Knopfloch herbei und riefen: „Droschke!"

„Besetzt!", rief Jerry zurück. Aber der eine der Männer drängte sich an der Frau vorbei und sprang in den Wagen. Hinter ihm stieg der andere ein.

Jerry blickte streng wie ein Polizist: „Diese Droschke ist bereits besetzt“, erklärte er. „Die Dame hatte sie bestellt.“
„Dame!“, wiederholte der eine. „Die Frau kann warten. Wir haben etwas sehr Wichtiges vor. Außerdem waren wir zuerst drin, haben also ein Anrecht darauf, von Ihnen gefahren zu werden.“
Ein verschmitztes Lächeln huschte über Jerrys Gesicht, während er den Schlag hinter ihnen zuklappte. „Also gut, meine Herren, bleiben Sie ruhig darin, so lange es Ihnen gefällt. Ich kann warten, bis Sie sich ausgeruht haben.“
Er wandte sich um und ging auf die junge Frau zu, die bei mir stand. „Machen Sie sich keine Sorgen – die Sache kommt in Ordnung“, sagte er lachend. „Die beiden werden sich gleich verziehen.“
Tatsächlich verschwanden die Männer bald. Als sie Jerrys Kniff durchschauten, riefen sie ihm alle möglichen Schimpfnamen zu und drohten, sie würden sich seine Nummer aufschreiben und ihn anzeigen.
Nach diesem Zwischenspiel machten wir uns auf den Weg zum Krankenhaus, wobei wir so viele Seitenstraßen wie möglich benutzten. Als wir angelangt waren, läutete Jerry die große Glocke und half der jungen Frau beim Aussteigen.
„Ich danke Ihnen tausendmal“, sagte sie. „Allein hätte ich das wirklich nie geschafft.“
Inzwischen regnete es in Strömen. Gerade als wir den Rückweg antreten wollten, riss jemand den Schlag auf, und der Pförtner rief: „Droschke!“
Wir hielten an, und eine Dame kam auf uns zu. Jerry

kannte sie anscheinend. Sie schlug ihren Schleier zurück und rief: „Barker! Jeremias Barker, sind Sie es? Wie nett, dass Sie gerade hier sind. Heute ist es sehr schwer, in diesem Stadtteil eine Droschke zu bekommen; da ist ein guter Freund wie Sie für mich viel wert."

„Ich freue mich, Ihnen zu Diensten zu sein, gnädige Frau. Wohin darf ich Sie fahren?"

„Zum Paddington-Bahnhof. Und wenn wir rechtzeitig dort sind, was ich bestimmt annehme, sollen Sie mir alles über Polly und die Kinder erzählen."

Wir waren zur rechten Zeit am Bahnhof. Die Dame stellte sich mit Jerry unter das Schutzdach und unterhielt sich eine geraume Weile mit ihm. Ich erfuhr, dass Polly vor ihrer Heirat bei dieser Dame als Hausmädchen gearbeitet hatte.

Nachdem sie sich nach allem Möglichen erkundigt hatte, fragte sie: „Und wie geht es mit der Arbeit in den kalten Monaten? Ich weiß, dass Polly sich im letzten Winter ziemliche Sorgen um Sie gemacht hat."

„Ja, gnädige Frau, das stimmt. Ich hatte einen bösen Husten, der mich noch bis in die warme Jahreszeit hinein verfolgt hat. Wenn ich abends lange zu tun habe, sorgt sich Polly sehr. Sehen Sie, gnädige Frau, ein Droschkenkutscher muss zu jeder Stunde und bei Wind und Wetter arbeiten: Das greift eben die Gesundheit an. Aber ich komme sonst gut zurecht, und ich würde mich ganz verloren fühlen, wenn ich keine Pferde mehr zu betreuen hätte. Das habe ich gelernt, und ich fürchte, etwas anderes würde ich nicht so gut machen."

„Aber es wäre ein Jammer, wenn Sie bei dieser Arbeit

Ihre Gesundheit gefährden würden", erwiderte die Dame, „nicht nur für Sie, sondern auch für Polly und die Kinder. Gute Kutscher oder Pferdepfleger sind immer gefragt. Wenn Sie einmal daran denken sollten, die Droschkenkutscherei aufzugeben, lassen Sie es mich wissen."

Nachdem sie Jerry gebeten hatte, seiner Frau herzliche Grüße von ihr zu bestellen, gab sie ihm Geld und sagte dazu: „Hier sind für jedes der Kinder fünf Schilling. Polly soll dafür kaufen, was sie für richtig hält."

Jerry war anscheinend sehr erfreut und bedankte sich herzlich. Dann verließen wir den Bahnhof und kamen endlich nach Hause. Ich war müde, und Jerry sicher auch.

Captain und sein Nachfolger

Captain und ich waren dicke Freunde geworden. Nie hätte ich gedacht, dass er einmal sein Heim verlassen müsste, und doch traf ihn eines Tages dieses Schicksal. Ich will erzählen, wie das geschah, obwohl ich den Unfall selber nicht miterlebt, sondern nur später davon gehört habe.

Er und Jerry hatten eine Gesellschaft über die London Bridge an den großen Bahnhof gebracht und befanden sich auf dem Rückweg. Es war sehr viel Verkehr auf der Straße. Plötzlich sah Jerry einen leeren Brauereiwagen, der von zwei mächtigen Pferden gezogen wurde, herankommen. Der Kutscher hieb mit seiner Peitsche auf die Tiere ein. Der Wagen war leicht; sie rasten wild dahin und ließen sich nicht mehr bändigen. Ein junges Mädchen wurde zu Boden geschleudert und überfahren. Im nächsten Augenblick rannten die Pferde auf Captain zu. Beide Räder wurden abgerissen, die Droschke wurde überrannt. Captain stürzte, die Deichseln zersplitterten, eine drang ihm in die Flanke. Jerry fiel vom Bock, zog sich aber glücklicherweise nur ein paar Quetschungen zu. Niemand wusste, wie es zuging, dass er dem Tod entrann; er sagte später immer, es sei ein Wunder gewesen.

Als der arme Captain aufgehoben wurde, stellte sich heraus, dass er schwer verletzt war und viele Schnittwunden hatte.
Jerry führte den Armen behutsam nach Hause. Captain bot einen traurigen Anblick. Das Blut sickerte über sein helles Fell und tropfte von Flanken und Schultern herab. Der Kutscher des Brauereiwagens wurde verurteilt, nachdem es sich erwiesen hatte, dass er betrunken gewesen war, und der Brauer musste unserem Herrn den Schaden ersetzen. Aber der Schaden, den der arme Captain erlitten hatte, konnte natürlich nicht ersetzt werden!
Der Pferdedoktor und Jerry taten ihr Bestes, um seine Schmerzen zu lindern. Die Droschke musste geflickt werden, ich kam mehrere Tage nicht ins Freie, und Jerry verdiente während dieser Zeit keinen Penny.
Als wir das erste Mal nach dem Unfall an den Stand kamen, eilte Vater Grant auf uns zu, um sich zu erkundigen, wie es Captain ging.
„Er wird nie wieder ganz gesund werden", erwiderte Jerry. „Zumindest kann er nicht mehr bei mir arbeiten; das hat der Hufschmied heute Morgen gesagt. Das Einzige, wozu er vielleicht noch tauge, sei, Lastkarren und so etwas zu ziehen. Das hat mich schwer getroffen. Ausgerechnet Lastkarren! Ich habe gesehen, wie die Pferde bei dieser Arbeit zu Grunde gerichtet werden. Solange diese Trunkenbolde von Fuhrleuten ihre eigenen Knochen brechen und ihre eigenen Karren zerschmettern, ist das ja ihre Sache. Aber mir scheint, als müssten immer die Unschuldigen leiden.
Und dann reden sie von Schadenersatz. Ein solcher

Schaden lässt sich doch gar nicht ersetzen! Kummer, Verdruss und Zeitverlust – abgesehen davon, dass man ein gutes Pferd verloren hat, das einem ein treuer Freund gewesen ist. Was für ein Unsinn, da von Schadenersatz zu reden! Wenn es einen Teufel gibt, den ich lieber als irgendeinen anderen im tiefsten Höllenschlund sehen möchte, dann ist es der Trunkteufel."

„Hör mal, Jerry", sagte Vater Grant, „weißt du eigentlich, dass du mit diesen Worten auch mir ziemlich hart auf die Zehen trittst? In dieser Hinsicht bin ich leider nicht so vernünftig wie du. Ich wünschte, ich wäre es."

„Warum gibst du denn das Trinken nicht auf?", fragte Jerry. „Mach dich doch nicht zum Sklaven einer solchen Gewohnheit! Dafür bist du viel zu gut."

„Ich weiß, dass ich ein großer Narr bin, Jerry", entgegnete Grant. „Aber als ich es einmal zwei Tage lang versucht habe, ohne Alkohol auszukommen, hatte ich das Gefühl, als müsse ich sterben. Wie hast du es denn gemacht? Du hast doch früher auch ganz gern getrunken?"

„Ja, das stimmt. Es hat mich mehrere Wochen lang Mühe gekostet, die Sache aufzugeben. Richtig betrunken hatte ich mich ja nie, aber ich merkte doch, dass ich nicht mehr Herr meiner selbst war und es mir schwer fiel, Nein zu sagen, wenn ich Lust hatte, etwas zu trinken. Da dachte ich: Einer von uns muss sich jetzt ergeben: entweder der Trunkteufel oder Jerry Barker. Und ich nahm mir vor, dass es mit Gottes Hilfe nicht Jerry Barker sein sollte.

Manchmal musste ich mir immer wieder sagen: Willst du das Trinken aufgeben oder deine Seele verlieren? Willst du das Trinken aufgeben oder Pollys Herz brechen? Aber dank dem Herrn und meiner lieben Frau habe ich meine Ketten gesprengt. Jetzt habe ich zehn Jahre lang keinen Tropfen Alkohol getrunken und sehne mich auch nicht mehr danach."

„Ich habe große Lust, es auch zu versuchen", sagte Grant. „Es ist so erbärmlich, nicht Herr über sich selbst zu sein."

„Tu das, Vater Grant, tu das. Du wirst es nie bereuen, und es wäre eine große Hilfe für einige der armen Kerle an unserem Stand, wenn sie sähen, dass du ohne Alkohol auskommst. Ich weiß, dass ein paar die Kneipe meiden möchten. Sie bringen es bis jetzt nur noch nicht fertig."

Anfangs schien Captain sich gut zu erholen, aber er war eben schon ein altes Pferd. Wenn er nicht eine so gesunde Natur gehabt hätte und von Jerry nicht stets so gut gepflegt worden wäre, hätte er die Droschkenarbeit schon lange nicht mehr machen können. Jetzt wurde er sehr schwach. Der Hufschmied meinte, ein paar Pfund könne Jerry wohl trotz allem bekommen, wenn er ihn verkaufen würde. Aber Jerry sagte, nein, das komme nicht in Frage: Die paar Pfund, die er erhalten würde, um einen alten treuen Diener zu harter Arbeit und zum Elend zu verurteilen, würden sein übriges Geld vergiften. „Da ich niemanden kenne, bei dem er für den Rest seiner Tage ein gutes Heim findet, ist es wohl das Barmherzigste, wenn wir ihm eine Kugel ins Herz jagen", entschied er. „Auf diese Weise braucht er nicht mehr zu leiden."

Einen Tag nachdem mein Herr diesen Entschluss gefasst hatte, brachte mich Harry in die Schmiede und ließ meine Hufe neu beschlagen. Als ich wieder nach Hause kam, war Captain nicht mehr im Stall. Ich und die ganze Familie Barker vermissten ihn sehr.

Nun musste sich Jerry nach einem anderen Pferd umsehen. Durch einen Bekannten, der Bursche in den Stallungen eines adligen Herrn war, erfuhr er von einem wertvollen jungen Tier. Es war einmal durchgegangen und gegen eine andere Kutsche gerannt. Dabei hatte es seinen Herrn hinausgeworfen und sich selbst so sehr verletzt, dass es für den Stall eines Lords nicht mehr gut genug war. Der Kutscher hatte den Auftrag, sich nach Ersatz umzusehen und den jungen Hengst so gut wie möglich zu verkaufen.

„Ein temperamentvolles Pferd kann ich brauchen“, meinte Jerry, „nur bösartig und hartmäulig darf es nicht sein.“

„In unserem Hotspur* steckt kein Fünkchen Bosheit“, sagte der Mann. „Und sein Maul ist sehr weich. Das ist übrigens meiner Meinung nach die Ursache für den Unfall gewesen. Du musst wissen, sein Schweif war gerade kupiert worden, das Wetter war schlecht, und man hatte ihn nicht genug bewegt. Als er dann ins Freie kam, platzte er beinahe vor Lebenslust. Unser Kutscher hatte ihn sehr eng eingespannt, mit Sprungriemen, Aufsatzzügel und scharfer Kinnkette – na ja, du weißt ja ... wie es so üblich ist. Ich glaube bestimmt, dass ihn das alles ver-

* Heißsporn, Hitzkopf

rückt gemacht hat, eben weil er feurig und weichmäulig ist."
„Wahrscheinlich", sagte Jerry. „Ich werde ihn mir mal ansehen."
Am nächsten Tag kam Hotspur zu uns. Er war ein schöner Fuchs, erst fünf Jahre alt, so groß wie Captain und hatte einen sehr feinen Kopf. Ich begrüßte ihn freundlich, stellte ihm aber keine Fragen. In der ersten Nacht war er sehr unruhig. Anstatt sich hinzulegen, riss er ständig an seinem Halfter, sodass der Block, an dem es mit einem Ring befestigt war, auf- und niederhüpfte und gegen die Krippe schlug. Ich konnte nicht schlafen. Aber nachdem er am nächsten Tag fünf oder sechs Stunden Droschkenarbeit hinter sich hatte, kam er ruhig und vernünftig in den Stall. Jerry klopfte ihn und sprach lange mit ihm.
Schon nach kurzer Zeit verstanden sich der Herr und das neue Pferd gut miteinander. Jerry sagte, mit einem leichten Gebiss und viel Arbeit würde Hotspur bald sanft wie ein Lamm werden. „Was für den einen schlecht ist, kann für einen anderen gut sein", meinte er. „Der Lord hat ein Lieblingspferd verloren, das einmal mehr als hundert Pfund wert war, und ich habe ein gutes, kräftiges Arbeitspferd gewonnen."
Hotspur empfand es zuerst als einen großen Abstieg, dass er jetzt ein Droschkengaul geworden war. Aber am Ende der ersten Woche gestand er mir, dass ein leichtes Gebiss und eine leichte Hand viele Nachteile ausglichen. Er gewöhnte sich mit der Zeit recht gut ein, und Jerry gewann ihn sehr lieb.

Jerrys Neujahr

Weihnachten und Neujahr sind für manche Leute frohe Feste. Aber für Droschkenkutscher und ihre Pferde kann von Feiertagen keine Rede sein. Allerdings haben sie während dieser Zeit Gelegenheit, recht gut zu verdienen. Da werden so viele Gesellschaften, Bälle und andere Vergnügungen abgehalten, dass die Wagen oft bis spät in der Nacht unterwegs sind. Manchmal müssen Fahrer und Pferd stundenlang bei Regen oder Frost zitternd vor Kälte warten, während die Leute im Innern der Häuser zu fröhlicher Musik tanzen und sich amüsieren.

Ich hatte jetzt meistens abends Dienst, weil ich an das Stehen gewöhnt war und auch, weil Jerry bei Hotspur mehr Angst hatte, er würde sich erkälten. In der Weihnachtswoche hatten wir viel Spätarbeit, und Jerry hustete stark. Polly, die nie zu Bett ging, bevor wir nach Hause kamen, und uns jede Nacht mit der Laterne entgegenlief, sah besorgt aus.

Am Silvesterabend mussten wir zwei Herren in eine Straße im Westend bringen. Um neun Uhr setzten wir sie an ihrem Ziel ab, und sie sagten zu Jerry, er solle sie um elf Uhr abholen. „Wir spielen Karten; es kann also sein, dass Sie ein paar Minuten warten müssen“, erklärte der eine. „Aber kommen Sie nicht zu spät.“ Mit dem Glockenschlag elf stand der Wagen vor der Tür, denn Jerry war immer pünktlich. Es schlug viertel, halb, dreiviertel – dann zwölf, aber die Tür ging nicht auf.

Der Wind hatte sich tagsüber mehrmals gedreht, und ein paar Schauer waren niedergegangen. Nun ging der Regen in dichten Hagel über. Es war sehr kalt, und wir konnten uns nirgends unterstellen. Jerry stieg von seinem Kutschbock herunter und zog mir eine meiner Decken weiter über den Nacken. Dann schritt er ein paar Mal auf und ab, stampfte kräftig mit den Füßen und schlug die Arme übereinander. Seine heftigen Bewegungen lösten einen Hustenanfall aus. Daraufhin machte er den Wagenschlag auf, setzte sich auf den Fußboden und ließ die Beine aufs Pflaster hängen. Jetzt war er ein bisschen geschützt.

Die Glocke schlug weiter alle Viertelstunden, aber niemand kam. Um halb eins läutete Jerry an der Tür und fragte den Diener, ob man ihn in dieser Nacht noch brauche.

„Oh ja, ganz bestimmt“, war die Antwort. „Fahren Sie bloß nicht weg. Die Herren werden bald fertig sein.“ Wieder setzte sich Jerry auf den Boden der Droschke. Seine Stimme war inzwischen so heiser geworden, dass ich sie kaum hören konnte.

Ein Viertel nach eins wurde die Tür geöffnet, und die beiden Herren kamen heraus. Wortlos stiegen sie in die Droschke und nannten Jerry nur ihr Fahrziel, das beinahe zwei Meilen entfernt war. Meine Beine waren vor Kälte starr, und ich hatte Angst, ich würde stolpern.

Auch als die Männer ausstiegen, kam es ihnen nicht in den Sinn, sich dafür zu entschuldigen, dass sie uns so lange hatten warten lassen. Im Gegenteil: Sie waren noch ärgerlich über den hohen Fahrlohn. Doch Jerry blieb fest: Er verlangte nie mehr, als ihm zustand, aber er ließ sich auch nichts abhandeln. Die beiden mussten für die zweieinhalb Stunden Wartezeit bezahlen. Jerry hatte sich das Geld sauer genug verdient.

Endlich kamen wir zu Hause an. Jerry konnte kaum sprechen und hustete erbärmlich. Polly stellte keine Fragen. Sie machte das Tor auf und ging mit der Laterne voran bis zum Stall.

„Kann ich etwas für dich tun?“, sagte sie.

„Ja, bring Jack etwas Warmes und koch mir dann ein bisschen Haferschleim.“

Er konnte nur noch heiser flüstern; aber er rieb mich ab wie gewöhnlich und stieg sogar noch auf den Heuboden, um mir ein extra Strohbündel für mein Lager zu holen. Polly brachte mir warmes Mengefutter, das mir sehr wohl tat, und schloss dann die Tür ab.

Es war schon spät am nächsten Morgen, als jemand kam. Aber es war nur Harry. Er putzte und fütterte uns und fegte die Boxen aus. Dann machte er die Streu zurecht, als wäre es Sonntag. Er pfiff und sang nicht wie sonst immer, sondern war ganz still.

Zum Mittag fütterte und tränkte er uns. Diesmal begleitete ihn Dolly. Die Kleine weinte, und aus der Unterhaltung der beiden schloss ich, dass Jerry sehr krank war und der Doktor gesagt hatte, es sei ein „schwerer Fall“.

So vergingen zwei Tage. Im Haus herrschte große Sorge. Wir sahen nur Harry und manchmal Dolly. Ich glaube, sie kam mit, weil sie Gesellschaft brauchte; denn ihre Mutter war immer beim Vater, der viel Ruhe haben musste.

Am dritten Tag – Harry war gerade wieder im Stall – wurde an die Tür geklopft, und Vater Grant trat ein.

„Ich möchte nicht im Haus stören, mein Junge“, sagte er. „Aber ich hätte gern gewusst, wie es deinem Vater geht.“

„Es geht ihm sehr, sehr schlecht“, gab Harry Auskunft. „Der Doktor nennt es Bronchitis, und er meint, heute Nacht entscheidet es sich, ob er wieder gesund wird oder nicht.“

„Das ist schlimm, wirklich schlimm“, sagte Grant und schüttelte betrübt den Kopf. „Ich kenne zwei Männer, die letzte Woche daran gestorben sind. Aber wo Leben ist, da ist Hoffnung. Also Kopf hoch, mein Junge.“

„Ja“, erwiderte Harry und fuhr hastig fort: „Der Doktor sagt, bei Vater bestünde mehr Aussicht auf Besserung als bei den meisten Männern, weil er nicht trinkt. Gestern war das Fieber so hoch, dass es ihn verbrannt hätte wie ein Stück Papier, wenn er ein Trinker wäre, hat der Doktor gesagt. Ich glaube, dass Vater wieder gesund wird. Meinen Sie das nicht auch, Herr Grant?“

Vater Grant machte ein verlegenes Gesicht. „Wenn es eine Regel gibt, nach der gute Menschen eine solche Krankheit überwinden, wird er bestimmt gesund werden, Harry“, sagte er dann. „Dein Vater ist der beste Mensch, den ich kenne. Morgen früh komme ich wieder vorbei.“

Am nächsten Morgen war er zeitig zur Stelle. „Nun?“, fragte er.
„Vater geht es besser“, erwiderte Harry. „Mutter denkt, dass er wieder gesund wird.“
„Gott sei Dank!“, rief Vater Grant. „Nun müsst ihr ihn nur schön warm halten und dafür sorgen, dass er sich keine trüben Gedanken macht. Und was die Pferde angeht: Jack kann es gar nicht schaden, wenn er für den Rest dieser Woche oder auch zwei Wochen in seinem warmen Stall bleibt. Du kannst ihn ja hin und wieder die Straße auf und ab führen, damit er sich die Beine vertritt. Aber Hotspur! Wenn der junge Hengst keine Gelegenheit bekommt, sich auszuarbeiten, wird er bald unruhig, und du wirst ihn kaum mehr bändigen können. Und wenn er dann endlich wieder an die Luft kommt, gibt es am Ende noch ein Unglück.“
„Er ist schon jetzt kaum zu bändigen“, bestätigte Harry. „Ich halte ihn schon mit dem Korn kurz, aber er ist so lebhaft, dass ich nicht weiß, was ich mit ihm machen soll.“
„Ja, siehst du“, sagte Grant. „Also hör mal zu, Harry. Wenn es deiner Mutter recht ist, hole ich ihn bis auf weiteres jeden Tag ab und lasse ihn eine gute Weile arbeiten. Von dem Geld, das er verdient, werde ich deiner Mutter jeweils die Hälfte bringen; dann kann sie das Futter für die Pferde leichter bezahlen. Ich weiß, dass dein Vater in einer guten Kasse ist. Aber für die Pferde kommt sie nicht auf; die fressen euch ja arm, solange dein Vater nicht arbeiten kann. Heute Mittag komme ich und erkundige mich, was deine Mutter zu meinem Vor-

schlag sagt." Damit ging er, ohne Harrys Dank abzuwarten.

Ich glaube, am Mittag besuchte er Polly, denn er und Harry kamen zusammen in den Stall, schirrten Hotspur an und führten ihn hinaus.

Eine Woche lang oder noch länger holte Vater Grant Hotspur jeden Tag ab. Wenn Harry ihm für seine Freundlichkeit und Hilfsbereitschaft danken wollte, wehrte er lachend ab und sagte, es sei für ihn ein Glück, dass er Hotspur eine Weile habe, denn auf diese Weise könne er seinen Pferden endlich einmal eine kleine Erholung gönnen, die sie schon lange nötig hätten.

Mit Jerry ging es stetig aufwärts; aber der Doktor sagte, als Droschkenkutscher dürfe er nie wieder arbeiten, wenn er alt werden wolle. Die Kinder berieten oft miteinander darüber, was Vater und Mutter wohl machen würden und wie sie selbst mithelfen könnten, Geld zu verdienen.

Eines Nachmittags brachte Vater Grant Hotspur nass und schmutzig in den Stall zurück. „Die Straßen sind furchtbar matschig", sagte er. „Es wird dich Arbeit kosten, ihn sauber und trocken zu kriegen."

„Das macht nichts, Herr Grant", erwiderte Harry. „Ich gehe nicht ins Haus, ehe er wieder in Ordnung ist. Sie wissen ja, mein Vater hat mich gut angelernt."

„Ich wollte, alle Jungen wären so tüchtig wie du", meinte Vater Grant.

Während Harry Hotspur mit einem Schwamm den Schmutz abwusch, kam Dolly ganz aufgeregt in den Stall.

„Weißt du, wer in Fairstowe wohnt, Harry?“, wollte sie wissen. „Mutter hat nämlich einen Brief aus Fairstowe bekommen. Ich glaube, sie hat sich sehr darüber gefreut, denn sie lief gleich damit zu Vater.“

„Weißt du das nicht? Da wohnt doch Frau Fowler, bei der Mutter früher gearbeitet hat. Das ist die Dame, die Vater vorigen Sommer getroffen hat und von der jeder von uns beiden fünf Schilling geschenkt bekam.“

„Ach ja, natürlich, jetzt weiß ich, wer sie ist. Ich bin gespannt, was in dem Brief steht.“

„Mutter hat ihr vorige Woche geschrieben“, sagte Harry. „Du hast doch gehört, dass sie Vater damals gesagt hat, er solle ihr Bescheid geben, wenn er einmal seine Arbeit als Droschkenkutscher aufgeben wolle. Was sie wohl antwortet? Lauf doch und frag, Dolly.“

Harry schrubbte Hotspur weiter ab wie ein alter Stallknecht. Ein paar Minuten später tänzelte Dolly in den Stall.

„Oh, Harry, so was Schönes hat es noch nie gegeben! Frau Fowler schreibt, wir sollen alle in ihrer Nähe wohnen. Da ist ein Häuschen, das jetzt leer steht und das genau für uns passt. Es hat einen Garten, einen Hühnerstall und Apfelbäume und alles Mögliche. Frau Fowlers Kutscher geht im Frühling weg, und sie möchte, dass Vater jetzt bei ihr Kutscher wird. Und du kannst dort auch eine Stellung kriegen, Harry. Frau Fowler sagt, in der Nähe wohnen genug Familien, die einen Jungen für den Garten oder den Stall oder als Hausdiener anlernen würden. Und eine gute Schule ist auch für mich da. Mutter lacht und weint, und Vater sieht ganz glücklich aus!“

„Das ist ja großartig“, sagte Harry. „Ich glaube auch, das ist genau das Richtige für Vater und Mutter. Und ich werde Stallknecht oder Gärtner. Hausdiener will ich nicht werden: Ich habe keine Lust, in einer Livree mit Knopfreihen herumzulaufen.“

Barkers beschlossen also, Droschke und Pferde so schnell wie möglich zu verkaufen und – sobald Jerry wieder gesund sein würde – zu Frau Fowler aufs Land zu ziehen.

Für mich war diese Nachricht nicht so erfreulich wie für Jerry, Polly und ihre Kinder. Ich war ja nicht mehr jung. Meine Lage würde sich eher verschlechtern als verbessern, wenn Jerry mich verkaufte. Seit ich Birtwick Park verlassen hatte, war ich nie wieder so glücklich gewesen wie bei meinem jetzigen Herrn. Aber drei Jahre als Droschkenpferd greifen die Kräfte stark an, selbst wenn man unter den besten Bedingungen arbeitet. Ich war nicht mehr das Pferd, das ich einstmals gewesen war.

Grant erklärte sofort, er würde Hotspur übernehmen. Ein paar Kollegen von Jerry hätten mich gern gekauft; aber mein Herr meinte, er ließe mich nicht für einen x-beliebigen Droschkenkutscher arbeiten. Vater Grant versprach, eine wirklich gute Stelle für mich zu suchen.

Jerry hatte ich seit dem Silvesterabend nicht mehr gesehen. Ich sah ihn auch nie wieder, denn an dem Tag, an dem ich zu meinem neuen Besitzer geführt wurde, durfte Jerry noch nicht ins Freie. Aber Polly und die Kinder kamen, um mir Auf Wiedersehen zu sagen.

„Armer alter Jack! Lieber alter Jack! Ach, könnten wir dich doch mit uns nehmen!“, sagte Polly. Dann legte sie

die Hand auf meine Mähne, schmiegte ihr Gesicht an meinen Hals und gab mir einen Kuss.
Dolly weinte und küsste mich ebenfalls. Harry streichelte mich lange, sagte aber nichts. Er schien sehr traurig zu sein.

Vierter Teil

Jakes und die Dame

Ich wurde an einen Kornhändler und Bäcker verkauft. Jerry kannte meinen neuen Herrn und glaubte, bei ihm würde ich gutes Futter und anständige, nicht zu anstrengende Arbeit bekommen.

Was das Futter betrifft, so hatte er ganz Recht, und wenn mein Herr immer im Geschäft gewesen wäre, hätte man mich wahrscheinlich auch nicht überanstrengt. Aber in der Kornhandlung war ein Aufseher, der immerfort alle herumhetzte und antrieb. Oft, wenn der Wagen schon voll war, befahl er den Arbeitern, noch mehr aufzuladen. Wenn mein Fuhrmann, Jakes mit Namen, ihm zu bedenken gab, dass die Ladung zu schwer für mich sei, hörte er gar nicht hin. Jedes Mal setzte er seinen Willen durch. „Warum zweimal fahren, wenn man es mit einer Fuhre schaffen kann?“, war seine ständige Redensart.

Jakes benutzte, ebenso wie die anderen Fuhrleute, immer den Aufsatzzügel, der mich natürlich in meiner Arbeit stark behinderte. Nachdem ich drei oder vier Monate bei dem Kornhändler lebte, merkte ich, dass die Arbeit allmählich meine Kräfte aufzehrte.

Eines Tages war der Wagen besonders schwer beladen, und ein Teil unseres Weges führte steil bergauf. Ich nahm all meine Kraft zusammen, konnte aber nicht vorwärts kommen und musste alle paar Schritte stehen bleiben. Das gefiel meinem Kutscher nicht, und er peitschte mich kräftig. „Vorwärts, du Faulpelz, oder ich werde es dich lehren!“, rief er.

Wieder gab ich mir alle Mühe, die schwere Last den Berg hinaufzuziehen. Ein paar Schritte konnte ich mich weiterkämpfen; dann war es wieder zu Ende. Die Peitsche sauste von neuem auf meinen Rücken nieder, und so kroch ich mühsam vorwärts. Der körperliche Schmerz, den er mir zufügte, war schrecklich; aber dass ich bestraft und beschimpft wurde, obwohl ich mich so anstrengte, schmerzte mich noch mehr.

Als Jakes zum dritten Mal grausam auf mich einhieb, lief eine Dame auf ihn zu und sagte mit sanfter, ernster Stimme: „Oh bitte, peitschen Sie doch Ihr gutes Pferd nicht weiter. Die Straße ist ja so steil, und das arme Tier tut bestimmt sein Bestes.“

„Wenn er sein Bestes tut und dabei die Ladung nicht raufziehen kann, muss er eben mehr tun als sein Bestes – das ist alles, was ich weiß, Madam“, sagte Jakes.

„Aber ist denn die Ladung nicht zu schwer?“, fragte sie.

„Natürlich ist sie zu schwer, viel zu schwer“, antwortete Jakes. „Aber das ist nicht meine Schuld. Ich wollte gerade abfahren, da kam der Aufseher und bestand darauf, dass noch mehr aufgeladen wurde. Und nun muss ich es eben schaffen, so gut ich kann.“

Er hob wieder die Peitsche, aber da sagte die Dame: „Ach bitte, lassen Sie das! Ich glaube, ich kann Ihnen helfen, wenn Sie es erlauben.“

Jakes lachte.
„Sehen Sie", fuhr die Dame fort, „Sie geben ja Ihrem Pferd keine Gelegenheit, seine ganze Kraft einzusetzen. Durch den Aufsatzzügel wird sein Kopf mit Gewalt zurückgehalten. Wenn Sie diesen Zügel abnehmen, würde er bestimmt besser ziehen. Versuchen Sie es!", fügte sie überredend hinzu. „Ich würde mich sehr freuen, wenn Sie mir den Gefallen täten."
Jakes lachte kurz und verlegen. „Na ja", sagte er. „Wenn ich einer Dame einen Gefallen tun kann, bin ich natürlich zu allem bereit. Wie lang soll ich den Zügel schnallen, Madam?"
„Verschnallen Sie ihn gar nicht: Nehmen Sie ihn ab. Geben Sie Ihrem Pferd den Kopf ganz."
Jakes gehorchte. Einen Augenblick später neigte ich den Kopf bis auf die Knie. Das war eine Erleichterung! Dann schlug ich ihn mehrmals auf und nieder, um mein steif gewordenes Genick zu lockern.
„Armer Kerl! Das tut gut, nicht wahr?", sagte die Dame, während sie mich klopfte und streichelte. „Und wenn Sie jetzt freundlich mit ihm sprechen und ihn vorwärts führen, wird er es sicher besser schaffen."
Jakes nahm den Zügel auf. „Komm, Blackie." Ich senkte den Kopf, warf mein ganzes Gewicht gegen das Kumt und setzte meine volle Kraft ein. Der Wagen mit der schweren Last ruckte an, und ich zog ihn gleichmäßig bergauf. Oben angelangt, hielt ich inne, um Atem zu schöpfen.
Die Dame war inzwischen den Fußweg heraufgewandert. Jetzt trat sie wieder zu uns auf die Straße. Noch einmal

streichelte und klopfte sie mich, wie ich es lange nicht mehr gewohnt war.
„Sehen Sie, er hat sich voll eingesetzt, sobald Sie ihm die Gelegenheit dazu gaben. Dieses Pferd ist bestimmt von feinem Gemüt und hat einmal bessere Tage gesehen. Sie werden den Aufsatzzügel doch nicht wieder verwenden, nicht wahr?“, setzte sie hinzu, denn Jakes wollte ihn gerade wieder anhaken.
„Ohne den Zügel ist er tatsächlich besser hier raufgekommen; das muss ich zugeben, Madam. Vielen Dank für den guten Rat. Ich will ihn gern beherzigen, wenn es wieder mal bergauf geht. Aber wenn ich jetzt auf einmal den Aufsatzzügel ganz wegließe, würde ich mich zum Gespött aller Fuhrleute machen. Es ist nun einmal Mode, wissen Sie.“
„Ist es nicht besser, eine gute Mode einzuführen, als einer schlechten zu folgen?“, mahnte die Dame. „Übrigens verwenden viele Herren jetzt keine Aufsatzzügel mehr. Unsere Kutschpferde tragen sie schon seit fünfzehn Jahren nicht mehr, und die Arbeit strengt sie viel weniger an. Außerdem“, fügte sie mit ernster Stimme hinzu, „haben wir nicht das Recht, irgendein Geschöpf Gottes ohne wirklich guten Grund zu überanstrengen. Wir nennen sie stumme Kreaturen. Aber dass sie keine Worte haben, bedeutet nicht, dass sie weniger leiden.“
Nachdem sie mir nochmals sanft den Hals geklopft hatte, schritt sie leichtfüßig über den Weg und war bald darauf verschwunden.
„Das ist eine wirkliche Dame“, sagte Jakes zu sich selbst. „Sie sprach so höflich zu mir, als wäre ich ein feiner Herr.

Ich will ihren Rat befolgen, jedenfalls wenn's bergauf geht."

Der Gerechtigkeit halber muss ich erwähnen, dass Jakes meinen Zügel sofort um mehrere Löcher lockerer schnallte und ihn mir von diesem Tage an jedes Mal abnahm, wenn ich bergan gehen musste. Die Kornladungen, die ich zu ziehen hatte, waren aber weiterhin oft viel zu schwer für mich. Nach einiger Zeit war ich so ausgepumpt, dass ein jüngeres Pferd an meine Stelle kam.

Zu jener Zeit litt ich übrigens noch unter einer anderen unangenehmen Sache, von der ich vorher schon gehört, aber die ich bis dahin noch nicht aus eigener Erfahrung gekannt hatte. Der Stall, in dem ich untergebracht war, besaß nur ein einziges, winziges Fenster am äußersten Ende. In den Boxen war es also fast finster.

Abgesehen von der niederdrückenden Wirkung, die das Dämmerlicht auf mein Gemüt ausübte, schwächte es meine Sehkraft erheblich. Wenn ich dann plötzlich aus der Dunkelheit in das blendende Tageslicht geführt wurde, schmerzten meine Augen sehr. Mehrere Male stolperte ich über die Schwelle und konnte kaum erkennen, wohin ich trat.

Ich glaube, ich hätte das Sehvermögen noch ganz eingebüßt, wenn ich noch länger bei dem Kornhändler hätte bleiben müssen. Da Pferde mit schwachen Augen sehr ängstlich werden und sich deshalb noch schlechter lenken lassen als stockblinde, wäre das besonders schlimm für mich gewesen. Aber ich hatte noch Glück im Unglück, denn ich kam ohne dauernden Schaden davon.

Schwere Zeiten

Meinen neuen Herrn, einen großen Droschkenbesitzer, werde ich nie vergessen. Er hatte schwarze Augen, eine Hakennase, vorstehende Zähne, und wenn er sprach, klang es, als knirschten Wagenräder über Kies. Sein Name war Nicholas Skinner. Ich glaube, es war derselbe Mann, für den der arme Schäbige Sam gearbeitet hatte.

Manche Menschen sagen: „Sehen heißt glauben." Ich würde eher meinen: „Fühlen heißt glauben", denn so viel ich auch vorher schon gesehen hatte: Erst jetzt, als ich es am eigenen Leibe spürte, begriff ich wirklich, was für ein elendes Leben ein Droschkenpferd führt, wenn es keinen guten Herrn hat wie Jerry Barker.

Skinner hatte eine Anzahl minderwertiger Mietwagen und eine Bande minderwertiger Fahrer. Er behandelte seine Männer grob, und die Männer behandelten die Pferde grob. Werktags und sonntags wurde gearbeitet, und nie durfte man sich ausruhen.

In jenem heißen Sommer mietete manchmal eine Gesellschaft von draufgängerischen Kerlen die Droschke für den ganzen Sonntag. Vier von ihnen setzten sich hinein und der fünfte stieg zu dem Kutscher auf den Bock. Dann musste ich die ganze Fuhre zehn oder fünfzehn Meilen weit hinaus aufs Land und wieder zurück ziehen. Mochte der Weg noch so steil oder der Tag noch so heiß sein: Nie wäre es einem von ihnen eingefallen, auszusteigen und zu Fuß hinaufzugehen – es sei denn, der Kutscher forderte sie dazu auf, weil er fürchtete, ich könne es nicht schaffen und es würde einen Unfall geben.

Nach solchen Ausflügen war ich oft so erschöpft und fiebrig, dass ich mein Futter kaum anrühren konnte. Wie sehnte ich mich nach dem herrlich kühlenden Kleiebrei mit Salpeter, den Jerry uns bei heißem Wetter am Samstagabend immer gefüttert hatte! Danach durften wir uns zwei Nächte und einen ganzen Tag lang ausruhen und waren am Montagmorgen wieder frisch wie junge Pferde.

Aber hier gab es nie eine Erholung, und mein Kutscher war genauso hartherzig wie sein Arbeitgeber. Am Ende seiner Peitsche saß irgendein scharfes Ding, und wenn er mich damit schlug, blutete ich manchmal. Er hieb mich sogar unter den Bauch und an den Kopf. Obwohl mich eine solche Behandlung tief schmerzte und kränkte, tat ich auch hier mein Bestes. Ich zeigte mich nie träge, denn – wie Ginger gesagt hatte – das hätte keinen Zweck gehabt: Die Menschen sind nun einmal die Stärkeren.

Ich dachte jetzt oft an Ginger. Wie sie bei unserer letzten Begegnung wünschte auch ich mir jetzt, ich würde mitten in der Arbeit tot umfallen; dann wäre mein ganzes Elend mit einem Mal zu Ende.

Eines Tages hätte sich dieser Wunsch auch beinahe erfüllt, und das kam so: Ich hatte morgens um acht angefangen und schon ein paar Stunden gearbeitet, als vor dem Bahnhof nach unserer Droschke gerufen wurde. Die Fahrgäste waren vier Personen: ein lärmender, polternder Mann, eine Dame, ein kleiner Junge und ein junges Mädchen. Sie waren von weither mit dem Zug gekommen und hatten eine Menge Gepäck. Die Dame stieg mit dem Jungen ein, und während der Mann dem Gepäckträger Befehle erteilte, trat das junge Mädchen zu mir und betrachtete mich.

„Papa", sagte sie, „das arme Pferd kann doch uns und all unsere Koffer sicher nicht so weit ziehen. Es sieht so schwach und verbraucht aus. Schau es dir mal an!"

„Oh, der ist in Ordnung, Fräulein", versicherte mein Kutscher. „Er ist kräftig genug."

Der Träger, der mit ein paar schweren Kästen hantierte, schlug dem Herrn vor, wegen des vielen Gepäcks lieber noch eine zweite Droschke zu nehmen.

„Also, wie ist es: Kann Ihr Pferd es schaffen oder nicht?", polterte der Mann.

„Doch, doch, er kann es schaffen, Herr", erwiderte der Kutscher. „Der hat schon viel schwerere Lasten gezogen. Legen Sie die Koffer oben drauf", damit half er dem Gepäckträger, einen Kasten hochzustemmen, der so schwer war, dass die Sprungfedern knackten.

„Papa, Papa, nimm doch noch eine Droschke!", flehte das junge Mädchen. „Es ist bestimmt nicht recht, dass wir dem Pferd so viel aufladen!"

„Unsinn, Grace! Steig sofort ein, und mach nicht so viel Theater. Es wäre ja noch schöner, wenn ein Geschäftsmann erst jeden Droschkengaul untersuchen sollte, bevor er ihn mietet. Der Kutscher wird schon wissen, was er sagt. Los, steig ein und halt den Mund!"

Meine mitleidige Freundin musste gehorchen, und ein Koffer nach dem anderen wurde auf den Gepäckhalter geschleift und dort aufgeschichtet oder neben dem Kutschersitz verstaut. Endlich war alles untergebracht, und mit dem üblichen Ruck an den Zügeln und dem üblichen Peitschenhieb fuhr der Kutscher an.

Die Last war sehr schwer, und ich hatte seit dem Morgen weder Futter noch Rast gehabt. Trotzdem gab ich mir alle Mühe, wie ich es immer getan hatte. Alles ging gut, bis wir an einen Hügel kamen. Ich weiß nicht, wie es zuging – jedenfalls rutschten auf einmal die Füße unter mir weg, und ich fiel schwer auf die Seite.

Der Aufprall war so hart, dass ich kaum mehr atmen konnte. Ich lag vollkommen still. Ich hatte einfach nicht die Kraft, mich zu rühren, und dachte, ich müsse sterben. Um mich herum hörte ich Stimmengewirr, und es kam mir vor, als würde das Gepäck abgeladen. Aber all das erlebte ich nur wie einen Traum. Die sanfte Stimme von vorhin sagte mitleidig: „Oh, das arme Pferd! Es ist alles unsere Schuld." Jemand lockerte meinen Kehlriemen und schnallte die Stränge, die das Kumt so fest an mich banden, länger. Ein Mann sagte: „Er ist tot. Er wird nie wieder aufstehen." Dann hörte ich, wie ein Polizist Befehle gab. Aber ich schlug nicht einmal die Augen auf. Ich stöhnte und konnte nur mit großer Mühe atmen. Irgendjemand goss mir kaltes Wasser über den Kopf, ein anderer eine stärkende Flüssigkeit in mein Maul. Dann wurde eine Decke über mich geworfen.

Ich weiß nicht, wie lange ich schon auf der Erde lag, als ich auf einmal spürte, wie meine Lebensgeister wiederkehrten und ein Mann mich klopfte und mir freundlich zuredete aufzustehen. Nachdem er mir noch mehr von dem Stärkungsmittel gegeben hatte, versuchte ich, wieder auf die Füße zu kommen.

Zuerst taumelte ich und schwankte ein paar Mal hin und her, aber endlich stand ich und wurde behutsam in einen nahe gelegenen Stall geführt. Hier kam ich in eine Box, in der reichlich Stroh lag, und wurde mit warmem Haferschleim gefüttert, den ich dankbar schluckte.

Am Abend hatte ich mich soweit erholt, dass ich zu Skinners Stallungen zurückgebracht werden konnte. Am nächsten Morgen kam Skinner mit einem Pferdedoktor, der mich gründlich untersuchte. Er sagte: „Der Rappe ist nicht richtig krank, er ist eher überarbeitet. Wenn Sie ihn für sechs Monate auf die Weide schicken könnten, damit er sich erholt, würde er schon wieder arbeiten können. Aber im Augenblick ist er nicht zu gebrauchen."

„Dann muss er eben vor die Hunde gehen", meinte Skinner. „Ich habe keine Wiesen und weder Zeit noch Geld, um kranken Pferden einen Erholungsurlaub zu gewähren. Wer weiß, ob er tatsächlich wieder gesund wird. Nein, nein, ein solches Risiko kann ich bei meinem Geschäft nicht eingehen. Mein Grundsatz ist, die Pferde so lange arbeiten zu lassen, wie es geht, und sie dann an den Abdecker oder jemand anderen zu einem möglichst günstigen Preis zu verkaufen."

„Wenn er Atemnot hätte, würde ich Ihnen raten, ihn auf der Stelle töten zu lassen", sagte der Hufschmied. „Aber so ist es nicht. In etwa zehn Tagen ist Pferdemarkt. Wenn Sie ihn bis dahin ausruhen lassen und herausfüttern, erholt er sich vielleicht. Dann bekommen Sie auf jeden Fall mehr für ihn, als seine Haut wert ist."

Auf diesen Rat hin wies Skinner – ziemlich unwillig, glaube ich – seinen Stallknecht an, mich gut zu füttern und zu pflegen. Ich hatte Glück: Der Mann führte den Befehl gewissenhaft aus. Zehn Tage lang brauchte ich nichts zu tun und wurde mit gutem Hafer, Heu und Kleiebrei aus köstlicher gekochter Leinsaat gefüttert. In dieser Zeit erholte ich mich gut. Ich fasste wieder Mut und freute mich, dass ich am Leben geblieben war.

Am zwölften Tag nach meinem Zusammenbruch wurde ich zum Pferdemarkt gebracht, der ein paar Meilen außerhalb von London stattfand. Ich hielt den Kopf hoch und hoffte auf die Zukunft. Jeder Wechsel ist besser, als weiter bei Skinner zu arbeiten, dachte ich.

Willie und sein Grossvater

Auf dem Markt war ich diesmal nur in Gesellschaft verbrauchter Pferde. Einige waren lahm, andere litten an Atemnot, und für etliche wäre es sicher eine Gnade gewesen, wenn man sie erschossen hätte, anstatt ihr Leiden zu verlängern, indem man sie noch einmal verkaufte.

Unter den Käufern und Verkäufern waren viele, die kaum besser aussahen als die armen Tiere, mit denen sie handelten. Da gab es alte, schäbig gekleidete Männer, die versuchten, für ein paar Pfund ein Pferd oder ein Pony zu erwerben, das einen kleinen Holz- oder Kohlenkarren ziehen könnte, und ebenso Armselige, die ein verbrauchtes Tier lieber für zwei oder drei Pfund verkaufen wollten, als es zu töten. Manche von ihnen machten dem Eindruck, als wären sie durch Armut und schwere Zeiten hartherzig geworden. Aber da waren auch andere, für deren Dienst ich willig meine letzte Kraft hingegeben hätte. Auch sie hatten verschlissene Kleidung an; aber sie waren freundlich, und ihren Stimmen konnte man vertrauen. Einen tatterigen alten Mann mochte ich besonders gern. Auch er schien Gefallen an mir zu finden, aber leider war ich nicht kräftig genug für ihn.

Dann bemerkte ich einen Mann mit einem kleinen Jungen, der von dem Teil des Marktes herüberkam, wo die besseren Pferde feilgeboten wurden. Er hatte breite Schultern, ein gutmütiges, rotwangiges Gesicht und trug einen Hut mit großer Krempe. Sicher ein Gutsbesitzer, dachte ich.

Dieser Mann blieb bei uns stehen und warf einen mitleidigen Blick in die Runde. Ich sah, wie er mich betrachtete; anscheinend war er von meiner schönen Mähne und meinem schönen Schweif beeindruckt. Ich spitzte die Ohren und blickte ihn an.

„Dieser Rappe hat bestimmt einmal bessere Tage gesehen“, sagte er.

„Der arme Kerl!“, rief der Junge. „Ob er früher ein Kutschpferd gewesen ist?“

„Ganz gewiss, mein Junge, und wahrscheinlich auch ein Reitpferd“, erwiderte der alte Herr und trat auf mich zu. „Guck dir mal seine Nüstern und seine Ohren, seinen Hals und die Schultern an. In diesem Pferd steckt allerhand Rasse.“

Er streckte die Hand aus und klopfte mir freundlich den Hals. Als Antwort auf seine Güte streckte ich ihm meine Nüstern entgegen. Der Junge streichelte mein Gesicht.

„Armes Pferdchen! Sieh mal, Großpapa, wie gut er es versteht, wenn man freundlich zu ihm ist. Könntest du ihn nicht kaufen und ihn wieder jung machen, wie du es mit Ladybird getan hast?“

„Mein lieber Junge, ich kann doch nicht alle alten Pferde jung machen. Außerdem war Ladybird gar nicht so alt, als sie verdorben zu uns kam.“

„Ach, Großpapa, ich glaube, dieser hier ist auch noch nicht alt. Sieh doch seine Mähne und den Schweif an! Und guck mal in sein Maul, dann weißt du Bescheid. Er ist zwar klapperdürr, aber seine Augen sind nicht so eingesunken wie bei manchen alten Pferden."

Der alte Herr lachte. „Meine Güte, du bist ja ebenso ein Pferdenarr wie dein Großvater, Willie!"

„Ach bitte, Großpapa, prüf sein Maul und frag nach dem Preis. Auf unserer Weide würde er bestimmt wieder jung werden."

Jetzt schaltete sich der Mann ein, der mich für Skinner verkaufen sollte. „Der junge Herr hat ganz Recht", sagte er. „Der Rappe ist nur überanstrengt worden. Er hat im Droschkengeschäft gearbeitet. Alt ist er nicht, und sein Atem ist in Ordnung. Der Rossarzt sagt, sechs Monate Auslauf auf der Weide würden ihn wieder auf die Beine bringen. Die letzten zehn Tage habe ich ihn selbst gepflegt, und ich kann Ihnen versichern, dass ich nie ein dankbareres, angenehmeres Tier kennen gelernt habe als ihn. Für einen Gutsherrn würde es sich gewiss lohnen, eine Fünfpfundnote für ihn zu bezahlen und ihm eine Chance zu geben. Ich möchte wetten, dass er im nächsten Frühjahr zwanzig Pfund wert ist."

Der alte Herr lachte, und der kleine Junge blickte gespannt zu ihm auf.

„Oh, Großpapa!", rief er eifrig. „Hast du nicht gesagt, dass das Fohlen fünf Pfund mehr gebracht hat, als du erwartet hattest? Wenn du diesen Rappen kaufst, wirst du bestimmt auch nicht ärmer werden."

Der Gutsherr prüfte bedächtig meine Beine, die sehr geschwollen und verspannt waren. Dann sah er sich mein Maul an. „Dreizehn oder vierzehn Jahre, würde ich sagen“, bemerkte er. „Lassen Sie ihn bitte mal ein paar Schritte gehen.“

Ich wölbte meinen armen dürren Hals, hob meinen Schweif ein bisschen und bewegte meine steifen Beine, so gut ich konnte.

„Was ist Ihr äußerster Preis?“, fragte der Gutsherr, als ich zurückkam.

„Fünf Pfund, Herr. Das ist der niedrigste Preis, den der Besitzer festgesetzt hat.“

„Es ist ein Risiko“, murmelte der alte Herr kopfschüttelnd, während er langsam seine Geldbörse aus der Tasche zog, „ein ziemlich hohes Risiko! Haben Sie hier noch mehr zu tun?“, erkundigte er sich, während er dem Mann das Geld in die Hand zählte.

„Nein, Herr, ich kann ihn in Ihr Gasthaus bringen, wenn Sie wünschen.“

„Ja, tun Sie das. Ich bin gerade auf dem Weg dorthin.“

Der alte Herr und sein Enkel brachen auf, und ich wurde hinterhergeführt. Der Junge war hell begeistert, und seinem Großvater schien die Freude des Kleinen Spaß zu machen.

Im Stall des Gasthofs bekam ich gutes Futter. Anschließend ritt mich ein Diener meines neuen Herrn behutsam nach Hause und brachte mich auf eine große Wiese, auf der in einer Ecke ein Schuppen stand.

Herr Thoroughgood, mein Wohltäter, wies seine Leute an, mir jeden Morgen Heu und Hafer zu geben und mich tagsüber auf der Wiese weiden zu lassen. „Und du, Willie“, sagte er, „hast die Oberaufsicht über ihn. Dir vertraue ich ihn an.“

Der Junge war stolz auf sein Amt und nahm seine Aufgabe sehr ernst. Es verging kein Tag, an dem er mich nicht besuchte. Manchmal holte er mich aus der Schar der anderen Pferde heraus und gab mir ein Stück Mohrrübe oder einen anderen Leckerbissen, oder er blieb bei mir stehen, während ich meinen Hafer fraß. Er sprach immer freundlich mit mir und streichelte mich, und ich gewann ihn natürlich sehr lieb. Er nannte mich Old Crony – das heißt „Alter Freund“ –, weil ich ihm immer entgegenging und ihm überallhin folgte. Zuweilen begleitete ihn sein Großvater, der sich dann meist gründlich meine Beine betrachtete.

„Das ist sein wunder Punkt“, sagte er. „Aber er macht Fortschritte, und ich denke, im Frühling wird es ihm schon viel besser gehen.“

Die Ruhe, das gute Futter, der weiche Rasen und die Bewegung, die ich hatte, wirkten sich bald wohltätig auf mein Befinden aus. Von meiner Mutter hatte ich ja gute Anlagen geerbt und war während meiner Jugend nie überanstrengt worden. Deshalb hatte ich bessere Aussicht, wieder gesund zu werden als viele Pferde die schon, bevor sie ausgewachsen und kräftig genug waren, schwer haben arbeiten müssen.

Während des Winters erholten sich meine Beine so gut, dass ich anfing, mich wieder jung zu fühlen.

Der Frühling kam, und eines Tages im Mai beschloss Herr Thoroughgood, mich mit dem Phaeton auszuprobieren. Darüber freute ich mich sehr. Er nahm Willie mit und kutschierte ein paar Meilen weit. Meine Beine waren jetzt nicht mehr steif, und ich hatte einen leichten Gang wie früher.

„Er wird wieder jung, Willie“, sagte Herr Thoroughgood erfreut. „Wir müssen ihm jetzt eine leichte Arbeit geben, dann wird er bis Mittsommer so gut wie Ladybird. Er hat ein schönes Maul und gute Gangarten. Er könnte gar nicht besser sein.“

„Oh, Großpapa, ich bin ja so froh, dass du ihn gekauft hast!“

„Ich auch, mein Junge. Aber das verdankt er mehr dir als mir. Nun wollen wir uns nach einem ruhigen, feinen Platz umsehen, an dem er geschätzt wird.“

Das Ende meiner Wanderschaft

An einem Sommertag putzte und striegelte mich der Stallknecht mit so ausgesuchter Sorgfalt, dass ich das Gefühl hatte: Irgendetwas Besonderes steht bevor. Er beschnitt meine Huf- und Beinhaare, pinselte die Hufe mit Holzteer ein, kämmte meinen Schopf und zog mir sogar einen Scheitel. Das Geschirr rieb er besonders blank. Willies Miene war halb besorgt, halb froh, als er zusammen mit seinem Großvater in die Chaise stieg.

„Wenn die Damen ihn nehmen, haben sie einen guten Fang gemacht, und Old Crony bekommt ein gutes Heim", sagte Herr Thoroughgood.

Etwa zwei Meilen vom Dorf entfernt kamen wir an ein niedriges, hübsches Haus mit einem Vorgarten und einer Auffahrt. Willie läutete an der Tür und fragte, ob eine der Damen Blomefield zu Hause sei. Die Antwort war: Ja, sie seien alle drei da. Während Willie bei mir blieb, ging Herr Thoroughgood ins Haus.

Etwa zehn Minuten später kam er in Begleitung von drei Damen zurück: einer großen, blassen, die in einen weißen Schal gehüllt war und sich auf eine jüngere stützte, die dunkle Augen und ein lustiges Gesicht hatte. Die beiden waren Fräulein Lavinia und Fräulein Ellen. Die drit-

te, eine stattliche Person, hieß Vera. Sie kamen alle drei zu mir, betrachteten mich und stellten Fragen.
Fräulein Ellen, die jüngste der Damen, mochte mich gleich gern. Sie sagte, ich hätte ein so gutes Gesicht. Fräulein Lavinia meinte, es würde sie nervös machen, wenn sie hinter einem Pferd sitzen müsse, das einmal gestürzt sei. „Wer weiß, ob das nicht noch einmal vorkommt", sagte sie. „Von einem derartigen Schrecken würde ich mich nie wieder erholen."
„Wissen Sie, meine Damen", sagte Herr Thoroughgood, „viele erstklassige Pferde haben sich einmal die Knie gebrochen – aber nicht durch eigene Schuld, sondern weil ihre Fahrer nicht aufgepasst haben. Soweit ich es beurteilen kann, ist das auch bei diesem Rappen der Fall. Aber ich möchte Sie natürlich nicht beeinflussen. Wenn Sie wollen, lasse ich ihn ein paar Tage zur Probe hier. Danach kann Ihr Kutscher sagen, was er von ihm hält, und dann entscheiden Sie sich erst endgültig."
„Sie sind uns in Pferdefragen immer ein so guter Berater gewesen, dass ich auch diesmal viel auf Ihre Empfehlung gebe", erwiderte Fräulein Vera. „Wenn meine Schwester Lavinia nichts einzuwenden hat, nehmen wir Ihr Angebot mit Dank an."
Die anderen Damen waren einverstanden, und es wurde vereinbart, dass ich am nächsten Tag zu ihnen kommen sollte.
Am Morgen erschien ein schmucker junger Mann, um mich abzuholen. Zuerst hatte ich den Eindruck, dass ich ihm gefiel. Aber als er meine Knie sah, sagte er enttäuscht: „Ich hätte nicht gedacht, dass Sie den Fräulein

Blomefield ein so fehlerhaftes Pferd empfehlen würden, Herr Thoroughgood."

„Ich glaube, Sie werden Ihre Meinung ändern, wenn Sie ihn erst einmal ohne Vorurteil geprüft und mit ihm gearbeitet haben", entgegnete mein Herr. „Sie nehmen ihn ja nur auf Probe. Ich bin sicher, dass Sie gut mit ihm fahren werden, junger Mann. Wenn er nicht so gut ist wie die anderen Pferde, mit denen Sie zu tun gehabt haben, schicken Sie ihn mir zurück."

Ich wurde in einen bequemen Stall eingewiesen, gefüttert und durfte mich noch einmal ausruhen.

Am nächsten Morgen sagte der junge Kutscher, während er mein Gesicht wusch: „Genauso einen Stern hatte unser Black Beauty in Birtwick Park. Black Beauty war auch genauso hoch wie dieser Rappe. Wer weiß, wo mein alter Beauty jetzt steckt?"

Eine Weile später entdeckte er die Stelle an meinem Hals, wo ich zur Ader gelassen worden war. Dort war ein kleiner Knoten zurückgeblieben. Da schrak der junge Mann hoch und untersuchte sorgfältig meinen ganzen Körper. Dabei sprach er zu sich selbst: „Ein weißer Stern auf der Stirn, rechts ein weißer Fuß, der kleine Knoten gerade an dieser Stelle ..." Er betrachtete meinen Rücken und fuhr fort: „... und – so wahr ich lebe: Da ist ja auch das weiße Haarbüschel, das John immer ‚Beautys Drei-Penny-Stück' nannte. Es muss Black Beauty sein! Hör mal, Beauty, Beauty, kennst du mich noch? Erkennst du den kleinen Joe Green, durch dessen Schuld du beinahe gestorben wärst?" Außer sich vor Freude klopfte er mich wieder und wieder.

Ich erkannte ihn zwar nicht, denn aus dem kleinen Stallburschen von einst war ein hoch gewachsener junger Mann mit schwarzem Schnurrbart und Männerstimme geworden. Aber er hatte mich wieder erkannt, und ich glaubte ihm, dass er Joe Green war. Vor Freude hob ich meine Nüstern zu ihm hoch, um ihm zu zeigen, dass wir Freunde waren. Er war selig.

„Ich soll dich ohne Vorurteil ausprobieren?“, rief er. „Das will ich wohl meinen! Ich möchte nur mal wissen, welcher Schuft daran schuld ist, dass du dir die Knie gebrochen hast, mein alter Beauty! Dich müssen sie irgendwo furchtbar grob behandelt haben. Nun, ich werde schon dafür sorgen, dass du es hier gut hast. Ich wollte, John Manly wäre hier und könnte dich sehen.“

Am Nachmittag wurde ich an einen leichten Wagen geschirrt und vor die Haustür geführt. Fräulein Ellen wollte kutschieren, und Joe kam mit.

Ich merkte bald, dass sie eine gute Fahrerin war. Anscheinend war sie mit mir zufrieden. Ich hörte, wie Joe ihr erzählte, er sei überzeugt, dass ich Gutsbesitzer Gordons alter Black Beauty sei.

Als wir zurückkehrten, kamen die anderen Schwestern Blomefield heraus, um zu hören, wie ich mich betragen hätte. Ellen erzählte ihnen, was sie gerade erfahren hatte, und sagte: „Ich muss unbedingt an Frau Gordon schreiben, dass ihr Lieblingspferd zu uns gekommen ist. Darüber wird sie sich bestimmt freuen.“

Danach wurden etwa eine Woche lang jeden Tag Spazierfahrten unternommen, und schließlich wagte sogar Fräulein Lavinia in der kleinen geschlossenen Kutsche auszufahren. Auch sie war mit mir zufrieden. Daraufhin beschlossen die drei Schwestern endgültig, mich zu behalten und mich bei meinem alten Namen Black Beauty zu rufen.

Nun lebe ich schon ein ganzes Jahr bei den drei netten Damen. Joe ist der beste und freundlichste Stallknecht und Kutscher, den man sich denken kann. Meine Arbeit ist leicht und angenehm. Ich bin wieder bei Kräften und fühle mich wohl.

Herr Thoroughgood sagte neulich zu Joe: „Bei euch kann Beauty zwanzig Jahre alt werden – vielleicht auch noch älter.“

Willie ist mein besonderer Freund. Er kommt oft zu uns und unterhält sich mit mir. Blomefields haben Herrn Thoroughgood versprochen, dass sie mich nie verkaufen werden. Ich brauche also keine Angst mehr um meine Zukunft zu haben.

Hier ist meine Geschichte zu Ende. Meine Leiden sind vorüber, es wird gut für mich gesorgt, und die Menschen sind meine Freunde. Morgens, wenn ich noch im Halbschlaf bin, träume ich oft, ich stünde mit meinen alten Gefährten unter den Apfelbäumen in Birtwick Park.